妖王的報恩

卷二・自由

龔心文 著

高寶書版集團

目錄

第一咒〈蒼駒〉

第一章　救贖

巨大的飛蛾在落地的那一刻，幻化為無數的小飛蛾四散紛飛。本來覆蓋在雙魚陣上的那些棕色蛾子，再也顧不上袁香兒，紛紛飛上空中，組成一道長長的隊伍，向著天狼所在之處飛去。

顯然，突然出現的南河才是讓厭女覺得該全力以赴的敵人。

大妖之間的殊死搏鬥，完全不同於袁香兒平日所見的小打小鬧，它們巨大的身影在雪嶺間滾動，一路捲起的風雪和塵埃鋪天蓋地，湧出樹林，急雨驟降般地衝擊在雙魚陣的護罩之上。

一個是天星降世，引浩瀚星辰之力；一個是怨魔重生，積幽冥鬼魅之威。一時間魔蟲戰天狼。銀狼長嘯，引發地動山搖；蛾蝶亂舞，攪動天昏地暗。

「太……太恐怖了，嚇死我啦，阿香！」烏圓趴在袁香兒背上瑟瑟發抖，舉著小爪子擋住眼睛，「原來南河這麼厲害啊。」

「小南怎麼過來了，它的傷不是都還沒好嗎？」袁香兒憂心忡忡地望著越離越遠的戰鬥，心中擔憂著南河的傷勢。這是她第一次見到進入離骸期之後的天狼真正的戰鬥。

南河身上的傷無疑還沒癒合，可是它似乎不以此為懼。眼眸中蒸騰的是沖天殺意，喉嚨間響動的是嗜血亢奮，它凌厲得像一把刀，熾熱得如一團火，在殺戮中興奮，在生死間舔血。鮮血淋漓的傷口是它標榜成熟的勳章，生死成敗的戰鬥是它奠定王座的基石。

高傲，凶猛，世間無其二的天狼。

在袁香兒曾經的印象裡，她的南河彆扭、傲嬌，喜歡甜食，是一個小小的毛團子。此時此刻，袁香兒才終於意識到，雖然它在自己面前那般綿軟好欺負，但其實是一匹真正的狼。

山坡上那隻以石頭和積雪堆積而成的山精，調轉笨重的身軀，追著天狼與巨蛾的戰場走去。

「不行，我至少要拖住一個敵人。」袁香兒對自己說。她祭出一張靈火符，小小的鳳凰身影出現在空中，清鳴一聲，衝著巨大的山精噴出灼熱的火焰。

火克山精，石頭巨人後退了數步，舉起手臂擋住持續噴向它的火焰，那手臂上的積雪在烈焰中融化，山石開始殘缺掉落，地面上的石頭也不斷凝聚上來，不但修復好它的手臂，甚至使它變得更為粗大。

「就這麼一點點的火焰，怎麼攔得住我？」山精低沉遲鈍的聲音緩緩響起，它惱怒地轉過龐大的身軀，向著袁香兒走來，每踩一步就在地面上留下深深的坑洞，震得大地晃動。

「一張不夠，那就多來一點。」袁香兒從懷中掏出一疊「貓爪符」。

繪製符籙需要耗費大量靈力，且過程十分講究，往往消耗巨大，成符率依舊低下，因而很少有人會大量準備同一種符籙。袁香兒卻不一樣，她不需要斬妖除魔，也不需要維持生計，製作符籙的主要目的只是為了有趣。

前段時間正巧為了娛樂，和烏圓合力「印製」了無數貓爪符。這種符籙帶有山貓族正統的火系天賦能力，和靈火符效果相似，只是威力極不穩定，有大有小。因為這次會來到危險的深山裡，袁香兒就把這些符籙全放在背簍裡帶來了。

此刻也不管三七二十一，抓出二、三十張衝著山精一灑。天空像是放起了煙火，大大小小的火球此起彼伏地在空中亮起，圍繞著小山一樣的石人砸下去，雪地上燃起一片熊熊火海。

「媽呀，這招厲害了。這、這可是我的功勞，原來我也這麼厲害！」烏圓看見熱鬧，大呼小叫。

石人在密集的火球中溶解崩塌，袁香兒還怕不夠，引三張靈火符請出神鳥，三隻火鳳引頸清鳴，圍繞著山精噴出烈焰。

「別……燒……了，饒……命。」山精身軀上的石塊紛紛墜落，五官在火焰中變形溶解，終於澈底潰散成一灘炙熱的石塊。

一個巴掌大小的黑色身影，從冒著煙的亂石中慌慌張張地爬出來，一溜煙就想向外跑。

袁香兒掐了一個井訣，將它陷在裡面。黑色的小人在坑中掙扎，上下左右四處鑽洞，不得其徑。

「饒命，饒命，別燒了，再燒我就真的沒了。」它露出一臉可憐兮兮的神情，雙手舉在頭頂，不斷做出請求的姿勢。

沒想到剛剛氣勢洶洶的巨大山精，本質上居然是這麼一丁點大的小不點。

「你想要我放了你？」

「求求妳了……」山精兩隻眼睛水汪汪的，用煤炭一樣的黑臉噘起嘴來賣萌。問題是袁香兒還真的覺得有點萌。

「我保證我和我們山精一族，從今以後都不再攻擊你們。」它繼續可憐兮兮地說道。

「能相信它嗎？」袁香兒悄悄問背上的烏圓。

「當然，山精又不會說謊。它們那麼呆，還不具備說謊那種複雜的能力。」烏圓奇怪地看著袁香兒，彷彿吃驚她連這個都不懂，這可是所有妖精都具有的常識啊，人類有時候也挺無知的。

猶豫了片刻，袁香兒最終還是鬆開禁制。畢竟她也沒辦法做到，活活燒死眼前這個小生靈的事情。

那小小的黑色人影瞬間鑽進地底，消失不見了。

袁香兒從燒得一片焦黑的凍土上走過，腳下不小心踢到一顆漆黑的圓球。她彎腰拾起後擦去表面的煙灰一看，原來是厭女不慎遺落下來的金球。之前黃燦燦的金色小球被煙火燻得一片漆黑，燒到變形，本來漂亮的蝶戲牡丹凝成了醜陋的疙瘩，裡面的鈴鐺也不響了。袁香兒想了想，將它收在懷裡，向山頂走去。

遠處的戰鬥已經進行到白熱化的程度，天空中的雲層散開，露出一個圓盤形的缺口，明明還是豔陽高照的白晝，卻能從那個圓圈內，看見漆黑的蒼穹和點點繁星。

星辰彷彿從高空不斷墜落，被星火點中的成片飛蛾無聲無息地消失無蹤。但蛾群卻視死如生地不斷覆蓋上來，遮天蔽日地圍繞著銀狼，在那巨大的銀色身軀四周，一個灰色的絲繭正緩緩成形。只要絲繭澈底成形，它們就可以困住南河，遮蔽天日，無法引動星辰。

「坤位，真正的飛蛾在坤位！」烏圓越過袁香兒的肩頭，突然喊了一句。

在那密密麻麻，長得一模一樣的飛蛾之中，它看見一隻極為特殊的存在，那是厭女真正藏身的所在。可南河卻刻意將戰場引到遠處，從這裡喊，那邊根本聽不見。

「哎呀，南河剛剛那一波流星沒有打中，厭女在乾位了，現在又移動到乾位去了！」烏圓急得亂叫。

「你看得見嗎？那真是太好了！」袁香兒默默掏出使用過一次的傳音符，「你告訴我，我傳音給南河。」

厭女很快發現，自己開始在戰鬥中處於下風。對面的敵人不僅能夠引動星辰之力，甚至能在它的萬千化身中，準確找到它的本體所在。

厭女化為人形，憤恨不平地瞪了南河一眼，卻突然發現懷中的金球不見了。

這隻可惡的天狼竟然趁著它和人類玩耍的時候，突然對它發動偷襲。一直被自己奴役的山精也趁亂逃跑了，她還弄丟了自己的金球。

「過分，你們太過分了！」厭女被星力燙了一身的疤痕，滿面怒容，跺著腳化出翅膀，轉身展翅逃離。

南河追了兩步，回首看了看，轉身向著袁香兒所在的位置跑來。它叼住袁香兒的衣領，一下將她甩到自己的背上，四足發力，在雪山雲海間飛奔。

「雖然天狼山很大，但剛剛的動靜足以引來別的大妖，我們必須馬上離開。」南河的聲音響起。

袁香兒趴在柔軟的毛髮中，耳邊是呼呼吹響的風聲，身側是迅速後退的雪景。絲絲縷縷的銀色毛髮沾滿了血跡，拂在她的臉上。南河舊傷未癒，再添新傷，但她知道不能在這個時候叫它停下來。

「你怎麼來了？不是叫你好好待在家裡嗎？」袁香兒把臉埋在厚厚的毛髮叢中，閉上眼睛，感受著翱翔在空中風馳電掣的速度。

「我……我恰好出來。」

南河不知道該怎麼解釋。它想說昨夜聽見袁香兒在山裡遇到赤著雙腳的女孩後，一整夜都心神不寧。

它想說自己一早就忍著傷痛，特意尋覓她的氣味一路找來。

它想說當自己遠遠聽見鈴聲響起的時候，自己心中一片憤怒和慌亂。

但不管怎麼說，如今已經接到人了，那個脆弱的人類正安安穩穩地坐在自己的背上，一根頭髮也沒少，被自己好好地背回家去。它身體疼得厲害，可心中卻一片愉悅，覺得沒有必要再多說什麼了。

回到村口的山腳下，南河將袁香兒放下來，「你們先走，我去處理留在路上的氣味，去去就回。」

袁香兒回到家中，從金烏高懸直等到斜陽晚照，等到天幕低垂，等到繁星漫天，也沒看見小狼的身影。

她有些不安，在院子中折著蓍草算了一卦。揲蓍布卦本是師傅余瑤最擅長的本事，起卦必應，從不虛問。但輪到袁香兒這裡，大概是因為沒有這方面的天賦，加上卜筮之道遠遠不及符籙布陣來得有趣好玩，所以她學得特別懈怠，只學了一點皮毛，十次起卦有五次不準。

袁香兒三演十八變後，好不容易得了一「泰」卦，雖然知道未必準確，但看著卦辭上寫著「小往大來，吉，亨」心中總算略微鬆了一口氣。

「上坤下乾，象曰天地交而萬物通，應該是個好卦吧。小南必定逢凶化吉，平安無事才對。」袁香兒闔起蓍草，對著星空拜了拜。

夜半時分，袁香兒歪在床頭打瞌睡，依稀聽見院子裡傳來一點動靜。

她披著衣物來到庭院，卻沒有找到那個銀白色的身影。

「有看到南河回來嗎？」袁香兒站在錦羽的屋子前，輕輕敲了敲屋頂，小聲問它。

高腳小木屋內伸出一隻小手，悄悄往柴房的方向指了指。

袁香兒來到柴房門外，透過門板的縫隙，果然看見一個銀光流轉的身影趴在柴房的地上。

「南河？怎麼躲在這裡面，是不是受傷了？跟我進屋去吧？」袁香兒張望片刻，準備推開房門。

「別……別進來。」柴房內傳來低沉嘶啞的聲音，它急促地喘了幾口氣後說道，「妳別進來，讓我自己待一會兒。我，我很快就好。」

此刻的南河化為人形，蜷縮在柴草堆中，它弓著背，死死咬住自己的手指，不讓喉嚨洩露出一絲一毫的聲音。

離骸期的悸動突然來臨，它強忍著痛苦摸索回這裡，想要回到那個人的身邊，但又不想被她看見自己忍痛呻吟的樣子。

它把手臂咬出了血，忍耐著一陣陣襲來的折磨，不能出聲哀嚎，不能痛苦翻滾，不想被那個人看見自己軟弱、狼狽、醜陋的模樣。

袁香兒就要碰到門板的手指頓住了，柴房的門板縫隙很大，她其實全都看見了。

那個人正在經歷著離骸期的痛苦，它被疼痛折磨，繃緊著後背，渾身冷汗，手指死死抓著地面，但它寧願咬住自己的手臂，也不肯發出一點脆弱的聲音。

袁香兒是了解南河的，它孤獨而驕傲，不願讓任何人看見自己軟弱的一面。

最終她收回自己的手，背對著柴房的牆板坐下。

「我不進去，我在這裡陪著你。」她隔著木板輕聲說道。

無邊的痛苦，讓南河感覺自己的意識就要潰散。

它依稀覺得自己飄浮到了空中，看見蜷縮在地面上那個蒼白的自己。這大概是只有它自己才能看見的影像，天空中強大無雙的星力緩緩劃過蒼穹墜落下來，一絲一縷地拖著長長的尾巴，掉落進它蒼白顫抖的身體中。

強大又霸道的星辰之力正在一點點改變著自己的身體，肉體開始潰散，被璀璨的星光所取代。

它和屋外的人僅有一牆之隔。

那人背靠著牆板，抬起頭，和它一樣眺望著夜空中的星辰。

南河一下從飄忽的狀態中墜落回身軀，清醒過來，巨大的痛苦如同潮水一般，再度將它湮沒。

屋外的那個人在輕嘆一聲後，念誦起奇怪的咒語。

她用唱誦的方式緩緩誦讀，空中依稀傳來低低的歌聲，那空靈的念誦聲時遠時近，像是一股冰泉，流過它即將被焚燒殆盡的身軀，撫平它傷疤累覆的心田。那聲音彷彿可以療癒一切，慰藉流浪多年遊子的滄桑，給煢煢孑立的孤狼一個溫暖的歸宿。

天色亮了，晨曦透過門板的縫隙進入冰冷的屋內。

南河睜著眼睛，汗水從額頭滾落，模糊了視線，它從朝陽的芬芳中，看見坐在門外的那個背影。這一切都是真實的，不是它在漆黑樹洞中的幻想，那個人真實存在於它的身邊，近在咫尺，守了它一夜。

長夜過去，旭日東昇，柴房的門終於被推開，一隻銀光璀璨的天狼從門內走了出來，銀色的毛髮隨著矯健的步履浮動，宛若有星光灑落。

袁香兒揉了揉眼睛，看見那隻銀白的天狼一路變幻，成為她最喜歡的小毛團子模樣。

它猶豫了一下後才小跑上前，最後扒拉上她的膝頭，蜷進她的懷抱中。

看著毛茸茸的一小團主動蜷進自己懷裡，袁香兒的心軟了一片。

南河一直對自己的親近很排斥，除了受傷昏迷，大部分時候即便身體覺得舒服，也要嘟囔幾聲表達自己的抗拒。

這還是它第一次主動親近自己。

她抱著懷中那軟綿綿的一團站起身來，想快樂地在原地旋轉，神奇的是，經過了一夜的時間，南河身上那些大大小小的傷口竟然痊癒了大半，就連之前因為燙傷而禿得左一塊右一塊的難看皮毛，都重新變得茂密了。

這或許就是離骸期鍛體重塑的效果，從體內排出了大量的汙穢物，有些黏糊糊的，散發著不太好聞的氣味。

要先給小南吃一點熱呼呼的東西，還是先帶它去洗個澡呢？

袁香兒一邊摸著毛團子，一邊向屋內走去，卻發現懷裡的南河軟軟地癱在她的臂彎裡，已經陷入沉睡。

袁香兒既心疼又有些愧疚，原本將受了重傷的南河帶回來，是想讓它能夠好好地養傷。但它因為擔心自己而趕去天狼山，不顧身上的傷勢和那隻強大的魔物戰鬥。回來後因為劇烈的戰鬥，又陷入離骸期鍛體的過程，忍受了一整夜的折磨。

她把南河帶回屋內，小心地把它放進屬於它的墊子裡。可能是因為過度疲憊和長時間的痛苦，南河睡得並不安穩，小小的四肢時不時抽搐抖動一下。

在冰天雪地中坐了一夜的袁香兒，躺到了暖和的炕上，把南河的小墊子拉到自己身邊，輕輕順著它後背的毛髮安撫它。那小小的一團在睡夢中無意識地挪了挪，又挪了挪，慢慢依偎到自己的身邊。

袁香兒仔細想了想，覺得自己對小南不過是做了一些微不足道的小事。

但她能清晰體會到南河對她的善意和依賴，她喜歡這種被需要的感覺。

事實上，她很理解南河，遇到師傅和師娘之前，自己和它一樣，不被任何人關注，也不被任何人需要。但越是孤獨寂寞，越害怕他人看見自己的脆弱，總要讓自己更完美無缺，偽裝得矜持高傲，實際上卻在每一個夜晚裡獨自舔著傷口，渴望有個能夠真正帶給自己溫暖的人出現。

一旦有人給予一點點溫暖，就忍不住想要加倍回報，想要取悅和討那個人的歡心。

它用對人類有限的認知，記住了自己喜歡羊肉，喜歡蘑菇，喜歡顏色豔麗的東西。儘管身處在危險的環境，正在渡過最艱難的時期，卻還是跑上大老遠的路，把獵到的食物擺在自己的家門口。

袁香兒還記得它化身巨狼，從自己的頭頂一撲而過的情形。明明身負重傷，在面對著極為強大的敵人時，卻還是第一時間把敵人拖離自己所在的區域；明明渾身都是血，卻還是把自己背在背上逃離戰場。

害怕被自己看見受傷且狼狽的模樣，直到恢復了漂亮的毛髮，才軟呼呼地爬到自己的膝蓋上。

袁香兒的手指透過柔軟的毛髮，一下下撫摸著還有些削瘦的脊椎。

她想再對它好一點，讓它知道這個世界不止有冰冷和孤獨，也讓它體會到這個世界上的溫暖。

南河覺得自己睡得很不安穩，卻怎麼也醒不過來。睡夢中有一顆顆的流星從天際滑過，墜落到自己身上，它下意識顫抖了一下，準備迎接劇痛的到來。但想像中的痛苦一直沒有來，它始終處在一個溫暖而舒服的地方，有柔軟的手指在恰到好處地撫摸著它的肌膚，讓它有一種想要澈底放下全身警惕而鬆懈下來的感覺。

這讓它十分不安，覺得自己應該躲在冰冷的岩穴中，或是漆黑的樹洞裡，豎著耳朵戒備著隨時有可能出現的敵人才對。為什麼能夠這麼放心，為什麼能夠這麼暖和，為什麼都已經有人摸到自己的身軀了，還能夠安心地睡著，而且無法醒來。

南河一下睜開了眼睛，終於想起自己身在何處。它從一個柔軟的胳膊下鑽出來，小心張望了一下，發現自己被圈在一個溫暖的懷抱中。那個人一手枕在頭下，一手搭在它背上，彎曲著身體把它護在懷中，睡得正香。

昨夜，在劇烈的戰鬥之後，引發了第一次星力對肉身的洗滌重塑，沒有靈力的補充，它過得十分痛苦，偏偏還耐不住痛苦和寂寞，跑回這個院子裡。

為了幫助自己減輕痛苦，為了陪伴瑟瑟發抖的它，這個人在寒冷的雪夜裡，一整夜都坐在柴房的門外。

南河抬起頭，默默看著那張近在咫尺的面龐。它最喜歡這樣的時刻，可以安靜地看著她，沒有人打擾，不用緊張也不會侷促，想看多久都可以。

庭院裡傳來雞鳴犬吠之聲，那隻山貓從屋頂的瓦片上跑過去，留下一串細碎的腳步聲。

「香兒，師娘去一趟集市，妳好好看家呀。」雲娘在院子裡對袁香兒喊話。

這是一個熱鬧的世界，既溫暖又舒適，它知道這不是自己的世界，但它太渴望這份溫暖，渴望這份熱鬧。

那張面龐的肌膚透著健康的光澤，睫毛在上面投射出清晰的影子，溼漉漉的呼吸依稀拂到了自己的心上，細細密密地在那裡來回刮了一遍。

它微微湊近了一些，想像那裡應該帶有自己最喜歡的香甜氣味。此時，它皺了皺鼻子，聞到了一股瀰漫在空氣中的奇怪氣味。

南河低頭一看，發現自己的身軀因為接受星力的重塑，從毛孔排出大量的汙穢物，向來柔順漂亮的毛髮此刻骯髒又惡臭，連睡覺的墊子都被弄髒一大塊。南河一下漲紅了面孔，恨不得在火炕上刨一個大坑，將自己埋進去。

它居然用這樣黏糊糊且髒兮兮的模樣，爬到袁香兒的膝蓋上，而那個人竟然直接把自己抱進臥室，還放到了床榻上。

她為什麼不把自己丟在外面凍死算了，或者先將它丟進水池裡隨便洗一洗也好。

南河慌忙地從袁香兒的胳膊裡鑽出來，跳下炕，順著檐廊的地面，一路以最快的速度飛奔進浴室。

因為屋子的主人余瑤當初喜歡泡湯沐浴，所以房子的浴室修得分外舒適，分為前後二室，中間以半人高的竹欄隔之，內置浴桶，近牆鑿井，安裝轆轤，方便引水以入。後設溝渠，可以直接將洗浴的水排出。屋裡砌鍋灶，需要的時候燃柴薪，可以隨時提供熱水，十分便利。

南河一口氣衝進浴室，扯了條毛巾在臉上胡亂抹了一把，幾乎被自己身上的氣味熏得受不了。寒冬臘月，也顧不得燒水泡澡等耗時之事，想著左右無人，褪去皮毛，化為人身，提起一桶冰涼的井水，「嘩啦」一聲倒在自己的頭上，把自己澆了個透心涼。它抖了抖溼漉漉的長髮，看著漆黑的汙水順著雙腿流了一地，索性坐在水缸邊，一口氣給自己澆了七、八桶的水。

懷抱裡暖烘烘的一團不見了，袁香兒很快醒了過來。

師娘不知道去了哪裡，南河也不在身邊，就連烏圓都不知道溜去哪裡玩了。

「師娘？南河？」袁香兒沿著檐廊的木地板一路走著，聽見浴室中傳來嘩啦啦的水聲。

浴室的外門沒有關閉，地板上溼答答的，一路都是水漬，灶爐是冷的，沒有生火，內置懸空的竹門內傳來流水的聲響。

「師娘？」袁香兒奇怪地推開外門走了進去。

內室的對開竹門上下是挑空的，既可以通風透氣，又可起到稍微遮擋視線的作用。或許它最妙的作用，就在這半遮半露之處。

袁香兒首先看見了青綠色的竹門下露出的一雙腿，那腿修長而有力度，蒼白的腳趾踩在墨青色的磚面上，水流順著它們蜿蜒流下，或許是井水太涼，把它沖刷得像是玉石一般瑩透有光。

袁香兒忍不住咽了下口水，知道自己應該退出去了，可視線已經向上移去，讓她越過竹門頂部，看見那一頭銀白色的長髮，溼漉漉地貼在線條完美的肩膀上。

那長髮的主人吃驚地轉過臉來，幾縷溼髮黏在他的臉頰，纖長的睫毛抖動了一下，一滴水珠從上面滴落。

這也太犯規了吧？原來男人也能誘人成這樣嗎？

袁香兒張了張嘴，感到喉嚨發乾，心跳加速。

「你……我不是故意的。」她不好意思地退出去，在門檻上絆了一下，險些摔倒。

屋裡再也沒響起水聲，澈底安靜了。過了片刻，一隻溼漉漉的銀色小狼把門頂開，探出腦袋，耳朵尖紅撲撲的，眼睛都不知道該往哪裡放。渾身溼透的毛髮擰成一縷一縷的，一滴滴地往下滴著水，冷得直打哆嗦。

它還是這麼小一隻呢，不是說離骸期還沒過去的天狼，都不算是成年嗎？袁香兒摒棄心中紛亂的雜念，匆忙找了條大毛巾，將在大冬天洗冷水澡的小狼包在裡面，一路抱回屋子裡。

「怎麼不燒點熱水？你要是不會，可以把我叫起來，要是生病了該怎麼辦？」袁香兒的語氣不太高興，「下次不許這樣。」

「我身體很好，不會生病。」被包在毛巾裡的溼毛球發出悶聲悶氣的聲音，「下次不這樣了。」它又加了一句，尾音聽起來有些奶聲奶氣的，悄悄帶了一絲討袁香兒開心的意思。

袁香兒把它帶進暖和的屋子，鋪了一條厚厚的毛巾在桌上，仔仔細細地把它擦乾淨，連耳朵裡面和尾巴根部都沒有放過。

南河默默地趴在毛巾上，忍耐著從耳朵和尾巴上傳來的一陣酥麻，那些地方遍布著豐富的神經，太過敏感，再這樣下去，渾身都要軟了。

要快點阻止她。

手指伸進了耳朵，開始撥弄細膩的茸毛。一股電流穿過南河的四肢百骸，在心尖處過了一道，引得它微微戰慄，它應該開口阻止，或是跳起來逃開的。但不知道為什麼，明明痛苦難耐，卻又莫名帶著期待。

一邊痛苦，一邊幸福。雖然還沒有完全渡過離骸期，可南河卻突然察覺身體起了某種陌生的變化，它趴在毛巾上，再也不敢動了。

袁香兒把小狼澈底擦乾，又取出了好久沒用的梳子，仔仔細細地幫它把全身的毛髮梳順。今天的小狼特別乖巧，一動不動地趴在那裡，眼睛溼漉漉的，偶爾嗚嗚兩聲，帶著點奶音，讓人心都化了。

「離骸期一直都會這麼痛苦嗎？」她想起昨夜的情形，感到十分心疼。

「第一次接收星力比較痛苦，後面就沒什麼大礙了。」

雖然之後也沒有那麼輕鬆，但有了能陪伴自己的人，有了可以安心待著的地方，離骸期似乎就不再像從前那樣令人望而生畏。

「這是什麼東西，為什麼我沒有？」烏圓不知道從哪裡玩回來，看見南河趴在桌上享受，頓時不高興了，「看起來好舒服，不行，我也要梳毛！」

一道冷森森的目光從桌上掃下來，在它身上溜了一圈，烏圓打了個冷顫，眼前依稀是一個山嶽般高大的剪影，狹長的眼瞼中含著亙古不化的寒冰，居高臨下地瞥了它一眼，幾乎讓它喘不過氣。

烏圓一下炸了毛，飛快地竄到袁香兒的身後，「阿香，阿香，妳看它瞪我！喵嗚嗚嗚……」

「行啦，行啦，」袁香兒安慰它，「這是南河的梳子，烏圓也不喜歡用別人的東西，對吧？我已經給烏圓專門訂做了一個，過兩日就可以去拿了。」

「要比它的漂亮，毛要比它的軟。」烏圓提出要求。

「行，再讓他們在柄上刻上烏圓的名字，好不好？」

烏圓這才滿意，叼起落在地上的藤球，高高興興地溜出屋子去找錦羽，順便和錦羽炫耀它即將擁有新的梳子了。

看來也得給錦羽做一把，雖然它應該用不著梳毛。袁香兒心想。乾脆多做幾把，給小黑也做一把算了。

想到這裡，她打開櫃子，從裡面翻出了一個五彩的藤球，高高興興地拿給南河看，「我很早就做好了，想著如果你回來了，和你一起玩，我們在炕上玩吧？就我們兩個玩。」

五彩的藤球從炕沿上滾過去，南河卻伸腳踩住了。

「人類，聽說可以有好幾個伴侶。」它突然低聲問了句風馬牛不相及的話。

「在這個時代好像是這樣的，很多人家都有三妻四妾什麼的。」袁香兒茫然地回答。

沒答對送命題的她，發現剛剛才好了一些的傲嬌小狼，突然又扭過身去，不搭理她了。

袁香兒這天的心情就和過山車一樣，忽上忽下。

早上還因為終於把自己的狼養熟了而歡欣鼓舞，這會兒那位傲嬌小王子又只肯用屁股對著自己，怎麼哄都哄不好。

剛洗過的毛髮十分蓬鬆，一小截尾巴擦著炕臺掃來掃去，這是它非常不開心的一種表現。袁香兒不知道小毛團子為什麼不高興，但那一小搓白白的尾巴撩到她了，就忍不住伸手去摸了一下。

「不許碰尾巴！」南河突然扭頭吼了一句，聲音又低又沉，惡狠狠的。

南河已經很久沒用這樣的口氣和她說話了，袁香兒覺得十分委屈。

她真的很喜歡南河，一心期待它能更親近自己一些。

她承認一開始只是迷戀小狼的顏值，那一身漂亮的銀色皮毛，稠密而柔順的獨特手感，試問有誰會不想把它拐到家裡來養幾天呢？

隨著相處的日子久了，看它在最危險的時候擋在自己身前，看它即便離開了還悄悄送回來的禮物，看它特意帶著傷到山裡來接自己，袁香兒心裡十分感動，也逐漸把南河當作一位朋友看待。

袁香兒沮喪地撥動著身邊那顆孤零零的彩色藤球。唉，什麼時候才能夠隨心所欲地擼她的小狼啊。

一隻毛茸茸的東西輕輕搭上了她的膝蓋。

纖細柔軟的銀色毛髮在空中擺動了一下，軟軟地掃過她的手背，停在她的指尖前。

袁香兒驚訝地轉過臉，一隻成狼大小的銀色天狼蹲在她的身邊，依舊是背對著她，低著腦袋，耳朵折成飛機耳，將它那條深淺漸變的銀白色大尾巴擺上自己的膝頭。

袁香兒一下高興了，這樣大小的尾巴是最好摸的，她試著伸手擼了那條尾巴，毛髮細膩的尾巴尖下意識揚起一些，又按捺著低下去，任憑她擺弄了。

「南河你真是太好了！我就知道你一直都對我特別好！」

心花怒放的袁香兒把那條毛髮柔順的尾巴，從根部到尾端來回擼了十幾遍，有種終於得手的通體舒暢。

幼年形態的南河毛髮柔軟蓬鬆，嬌軟可愛。這種體型的它，毛髮卻充滿了光澤感，由後背開始層層漸變成銀色。

勻稱的身形，結實的肌肉，覆蓋著光澤順滑的厚重毛髮。如果不是想到它人形的模樣過於年輕俊美，袁香兒恨不得整個人埋進那誘人的茸毛堆裡，去好好吸一吸。

「南河你真是太漂亮了。」袁香兒不遺餘力地誇它，「我見過的毛茸茸也不算少，但你是最漂亮的。」

南河的喉嚨發出了一點聲響，低垂的耳朵尖透出一點緋紅。

對於一隻真正的雄性天狼來說，擁有一身漂亮的毛髮是它們引以為傲的事，那是它們成年後吸引異性，爭奪配偶的利器，沒有一隻雄性天狼會不喜歡別人誇讚它毛色美豔。

袁香兒接了一句：「我真的很喜歡你，也知道你對我很好，幫了我好多次。我一直把你當成最重要的朋友。所以我希望你在遇到困難的時候，不要總是自己躲起來，也讓我為你分擔一些。」

南河的耳朵終於豎起，尾巴尖也忍不住悄悄擺動。

還是很好哄的嘛，原來它喜歡聽好聽的，看來以後要多說些甜言蜜語來哄它開心。袁香兒心想。

第二章　牽掛

年關將至，家家戶戶都在忙著準備年貨。

雲娘坐在院子裡，用一柄小刀剔去紅棗棗核，在其中夾上核桃仁，再裹上一層薄薄的糖漿，沾上炒香的芝麻，做成一道香甜可口的點心。

烏圓蹲在桌邊等待，雲娘時不時把一顆剛做好的紅棗夾核桃丟給它，看見它一縱身，準確無誤地叼住了，美滋滋地跑到樹上去吃。

雲娘笑了，她並沒有特別去思考為何一隻貓咪愛吃甜食的問題。

但她看不見同樣在腳邊，伸著雙手巴巴等待著的錦羽。錦羽只能一直站在那裡，可憐兮兮地伸著小手。

「師娘在做我最愛的紅棗夾核桃呀，我來幫忙。」袁香兒抱著變小的南河走出來，把毛茸茸的一小團放在桌上，洗完手就在雲娘身邊坐下。

她不動聲色地拿了三、四個放到錦羽的手上，然後自己吃了一個，又餵給南河一個。

「哇，太好吃了！小南你說是吧？」

「妳看看妳，還沒幫忙，自己倒先吃了好些。」雲娘笑著拿帕子擦她沾在嘴上的糖，「妳師傅以前也最喜歡吃這個。」

那帕子的角落繡著一隻黑色的小魚和幾朵浪花。魚兒小小一隻，卻繡得活靈活現，在湛藍色的帕子上，彷彿魚游大海，逍遙自在。

袁香兒心念一動，一時愣住了，想起師娘這些年所有手帕和畫作的主題，似乎都和魚有關。

她不禁想起了烏圓的話，難道師傅真的不是人類，只是海中的一隻大魚，而師娘或許知道些什麼？

雲娘看著袁香兒盯著她帕子上的圖案發愣，臉上的笑容慢慢收斂了，她收回手絹，垂下眼睫，輕輕撫摸上面那隻小魚，緩緩開口，

「妳師娘我，出身在渤海邊上的登州，家祖留有餘蔭，勉強算得上是勛貴之家。」雲娘看著湛藍色的帕子，想起故鄉的大海，「妳要知道，像我們這種在世家望族裡長大的女孩，婚姻是由不得自己的，大部分時候不過是用來交換家族利益的籌碼罷了。」

雲娘是家族中的嫡系小姐，金尊玉貴備受疼愛地長大，成年之後卻被許配給一位年紀比自己父親還大的男子做續絃。那人有皇族血脈，身分顯赫，族裡歡天喜地，人人

都恭賀她從此一步登天，飛上枝頭。就連她的父母都喜笑顏開，容光煥發。

出嫁前，她獨自抱著自己最喜歡的小魚來到海邊，赤著腳踩進海水裡，在波浪起伏的大海中不知站了多久，最後把緊緊抱在懷中的木盆倒進海中。

「走吧，給你自由了。」雲娘踩在水裡，哭得滿臉都是鼻涕，「我要遠嫁去京都了，帶不走你，再也養不了你了。」

那隻養了多年的小魚在她的腳邊游來游去，用光潔的腦袋蹭著她的雙腿，依依不捨，似乎不忍離去。

「不然這次換你帶我走，把我一起帶進海裡，帶到大海底下去，好不好？」不願意葬送自己婚姻的少女蹲在大海中哭泣，漲潮的海水一點點沒過她的膝蓋、她的腰肢、她的胸膛，她的身邊一直有隻小魚在拚命頂著她，那小魚游動得越來越急，想用小小的身軀將她頂回岸邊。

雖然知道雲娘肯定沒事，但聽到此處的袁香兒還是忍不住屏住呼吸，就連蹲在桌上的南河都豎起了耳朵。

烏圓從榕樹的枝條上垂下紅繩交織的髮辮，錦羽岔開小腳坐在它的屋頂上，一邊吃著大棗，一邊轉著眼睛看向這裡。

「你們別這樣看我。」雲娘不好意思地笑了，「雖然當時年少輕狂，但終究還是愛惜自己的小命，也知道一死了之不值得。」

從海中回來的少女，終究還是無可奈何地穿上嫁衣，坐上前往京都的花轎。

在路上，他們遇到了一名奇怪的男子，那人容姿俊美，舉止溫文，衣著卻十分古樸奇異。一路跟隨著送嫁的隊伍同行。隨行的家人告訴雲娘，那是一位遊方術士，避世修行之人，因此舉止奇特，服俗怪異。

原來修行之人長得這般好看。雲娘坐在花轎中長日無聊，悄悄掀起轎簾的一角偷看外面的那個人。

那人穿得隨意古怪，人人都回頭看他，但他完全沒有表現出不自在的模樣。他只要看見雲娘，就會衝著她笑，那雙眼睛黑漆漆的，莫名帶著雲娘十分熟悉的感覺。明明是沒見過的容貌，雲娘卻覺得他像是一位相識已久的朋友。

那人就這樣跟隨著他們走了數日，一路上的天氣都很晴朗，隊伍走得很快。

為什麼天氣這麼好，路程這麼順利，真希望天天下著大雨，永遠都到不了京都才好。雲娘這樣想著。

彷彿有誰聽見了她悄悄的祈求，天空瞬間下起大雨，越下越大，傾盆而下，送嫁的隊伍在溼滑的山路上匆忙尋找避雨的地方，轎夫腳下打滑，竟將新娘子從轎子裡摔出來。

雲娘順著山路滾了很遠，卻奇蹟般地沒有受傷，甚至連衣角都沒有沾溼半分。最先找到她的是那個男人。

那人在雨中看起來比平日更加自在，明明淋著大雨，渾身卻不見半點淋溼的痕跡。他分開雨簾向雲娘伸出手，一臉窘迫和愧疚，「抱歉，都是我不好，我送妳回去。」

「我不回去了。」雲娘直視著他的眼睛，「你帶我走吧。」

聽到這裡的袁香兒張圓了嘴巴，「所以這個人就是師傅？原來從那時候開始，師傅就和師娘在一起了？」

「雖然他和小魚完全不同，但不知道為什麼，我心裡清楚，他就是那隻魚。」雲娘笑了笑，白皙的手指摩挲著繡在手絹上的圖案，「他和我在一起之後，一直努力想像一個人類一樣生活。他讓我教他識字、教他讀書、教他關於人類的一切。我陪他雲遊四海，尋訪名師，學習人類的術法，幫助那些需要幫助的人類。」

「聽起來好像很浪漫。」袁香兒說。

就連南河都坐直了身體，用雪亮的眼睛看著雲娘。

「雖然聽起來很美好，但終究違背了世間規律，視為禁忌，不合時宜。」雲娘嘆了口氣，把視線放在袁香兒的身上，「隨著時日的流逝，我一日日地開始衰老，而歲月對於夫君來說，只是過去了微不足道的一瞬間。」

袁香兒突然難過了起來，她替師娘感到難過，自己日漸老去，而心愛之人卻依舊年輕，是一件多麼殘忍的事。

眼睜睜看著自己一日日白了的頭髮，腳步蹣跚，垂垂老矣，而本該並肩齊行的人，卻仍舊停留在原地，昭華正好，青春年少。

「妳覺得是先老的人比較可憐嗎？」雲娘搖了搖頭，「其實先一步離開的人，反而得到了解脫。福壽綿長的那一位，才是被孤單留下的一方。」

袁香兒愣住了。

「有一日妳師傅占了一卦，說有一位小姑娘和他有幾年的師徒之緣，他十分高興，特意走了很遠的路，去將那個小姑娘接到家裡來。」雲娘看著袁香兒，眼中帶著慈愛，「那時候的妳才那麼一丁點大，每天蹦蹦跳跳地進屋來喊我師娘。但我那時已是風燭殘年、腐朽之軀，連路都快走不動了。」

「可是師娘您當時……」

您當時看起來還是那麼年輕，和師傅一雙璧人，神仙眷侶。

「妳的師傅一直是個隨性之人，只有在這件事上，無論如何也勘不破。我不知道他用什麼辦法留住了我的容貌，但其實當時我內在的一切，都已經衰老腐朽到了極致，活得異常痛苦。他不肯放手讓我離去，我卻早已心灰意冷，只想勸說他放棄，可是他十分固執地嘗試了各種方法。為此，我們彼此爭執，我甚至冷落他很長一段時間，只希望他能夠自己想通。」

袁香兒一下站起身來，只是如今師娘恢復了，師傅卻不見了。

「即便是像我這樣的普通人，也知道讓一個凡人長生久視，有違天道。」雲娘把目光投向天邊，「我不知道他為此付出了什麼，但既然他已經堅持這麼做了，我就要好好珍惜這得來不易的一切，把他給我的每一天都過得好好的，開開心心地等著他。我想，總能等到他回來為止。」

雲娘伸出手，把袁香兒鬢邊的一縷碎髮別到耳後，「香兒，如今師娘告訴妳這些，是希望妳能早早知道這一切的是非因由，天道定數。將來能像妳師傅期待的一樣，更加順利地走在屬於妳自己的道路上。」

袁香兒握住雲娘的手，沒有把自己心裡的話說出口。

師傅當年沒有告訴她任何事情就離開，大概是希望她能夠在這小小的鎮子上無憂無慮地長大，毫無壓力地去過自己的生活。

當年那個像父親一樣的男人，帶著溫和的笑容找到她，握著她的手把她一路牽來這裡，給了她一個溫暖的家。

如今她已經長大了，有了自己的能力和想法。她希望能夠弄清楚當年發生了什麼，找到師傅，替師娘把他帶回這裡。雖然世間廣闊，茫然無序，但就像師娘說的一樣，只要自己還活著，就可以慢慢去做，總會有機會，希望依然存在。

接近年底，集市上十分熱鬧，有錢沒錢的人家都免不了採買些年貨，添置些新衣來準備過年。

集市上的商品變得比往日豐富許多，各種南北行貨、新鮮吃食，擺得街道兩側滿滿當當。

袁香兒將一包酥酥脆脆的米花糖，放在眼前身形高大的妖怪手中，名為「袾」的妖魔伸出黑漆漆的雙手，接住那香噴噴的布袋，它一直佇立在橋頭邊，歪著腦袋看袋子裡的東西。

直到袁香兒走了很遠，袾的身影又從橋墩邊趕上來，寬肩小頭從目，一身奇特的模樣，它將黑色的手臂舉在袁香兒的面前，攤開手掌，一朵沾著水珠的山茶花靜靜地躺在它的手心裡。

想在這個時節找到開著的山茶花可不容易，袁香兒笑嘻嘻地接過那朵山茶花，將它別到鬢邊，微微躬身向自己的朋友道了謝。黑色的大個子學著她的模樣，微微彎了一下腰。

秣是袁香兒到闕丘鎮後認識的第一個妖怪，九年的時間一晃而過，它從一個普通的妖魔變成了自己的朋友，這個小小的鎮子也從一個陌生的地方，變成自己的家。幾隻小妖精混雜在人群中，安居樂業的鎮民，寧靜平和的小鎮，彷彿這裡是一個不需要她擔心的世外桃源。

和秣告別之後，袁香兒來到一家首飾行，拿出在山上撿到的那個金球。她想著厭女十分看重這顆球，如果能把它修好，等下次見面的時候還給它，或許能減少一些不必要的誤會。

鋪子裡的老闆拿著那燒化了大半的金球左看右看，搖搖頭，「此乃累絲工藝，難做得很，咱們這樣的小地方可沒這種手藝。別說我們這家店，我保證妳在整個闕丘鎮，找不出能修這顆球的匠人。大概只能送到州府或京都那種繁華之地才能修繕。」

聽見老闆這樣說話，袁香兒只得把球收回來。正要離去的時候，一位錦衣華服的富家子弟陪著女眷從門外進來，男人是鎮上出了名的紈綺子弟，他身邊的女子螓首蛾眉，纖腰玉帶，身姿款款，媚眼含羞，乃是人間尤物。

錯身而過之時，一雙秋水般的眼眸向袁香兒的方向轉過來，眼角微彎，似笑非笑地勾了一下。

「那個男人活不了幾天了。」蹲在袁香兒肩上的烏圓小聲說道。

袁香兒回首看了一眼，只見剛剛進去的那位年輕男子雖然看上去得意洋洋，實則面色發青，眼下烏黑，渾身籠罩著一股灰氣，已有短命之相，「那個女子果然是妖精，我看著也覺得不太對勁。」

「是狐狸，身後有三條尾巴。它們狐狸一族最喜歡溜到人間來玩耍，偽裝得特別像。」

袁香兒跨出門框，鋪門外賣絹花的婆子正和一位主顧嘀咕著，「看見了沒？楚家最近新討的第十二房小妾。」

「造孽啊，就他一個，也不知道禍害了多少好人家的閨女。」

「聽說這次是一位鄉下佃戶家中的女兒，娘老子[1]去年生了一場病，向主家借了幾個大錢，年底還不上，就非要人家用閨女抵債。」

「可惜了，可惜了，農家的閨女長得這般水靈，可憐掉進了楚家這個魔窟。」

袁香兒聽了一耳朵閒話，也懶得多管閒事。出了首飾行，心裡想起南河變化為人

1 娘老子：父母。

形，卻變不好衣物，赤著腳可憐兮兮的模樣，便拐到估衣鋪買了幾件男子的成衣，又進了果子鋪和糕餅鋪買了不少時新糕點，大包小包地往外走。

東街口永濟堂的門外，正請了道家法師前來做法事。

圍觀的人裡三層外三層，議論紛紛。

「這永濟堂的鐵公雞，如今倒也捨得壞鈔做這般大的道場。」

「你不知道，他們家最近出了不少倒楣事，破財、害病、惹官非，一件接著一件。都說是招惹了不乾淨的東西，不得不花大錢，特意請高功法師來鎮一鎮。」

「什麼不乾淨的東西，我看就是心虛。自從韓大夫仙遊之後，鋪子落到這兩個兄弟手中，一個以次充好，錙銖必較；一個坑蒙拐騙，醫德敗壞。能不出事嗎？這永濟堂的老招牌，算是砸在他們手中了。」

前頭法事的排場布得不小，法堂香案，靈旛飄飄，鮮花果品，金紙銀錢，一應俱全。做法事的法師仙風道骨，頭戴寶冠，身穿五色袖帔，手持桃木劍，正在法堂前念念有詞。只見他呵斥一聲，抬手祭出一張符紙，那黃符飄在空中，無風自燃，引得圍觀眾人一陣驚呼。

「哎呀，好厲害，我一點火靈氣都沒有感受到，他是怎麼讓符紙燒起來的？」烏圓蹲在袁香兒肩上看得興致勃勃。

袁香兒笑了：「不過是騙人的戲法罷了，根本不需要靈氣。」

就在法堂正上方的屋簷上，體型已經變得十分臃腫的蠹魔，正伸出腦袋來看熱鬧，滴滴答答的口水不斷滴落在法師的帽子上，那位莊嚴肅穆的法師卻一無所知。

只見他手持桃木劍，大喝一聲：「呔，妖魔哪裡走！」氣勢洶洶的一劍劈在案桌上，事先鋪在桌面的黃布條上，赫然出現一道鮮血淋漓的紅痕。

圍觀的眾人無不嚇了一跳，膽小的甚至閉上了眼睛：「哎呀，砍死了，砍死了，你看、都是血。」

屋頂上的蠹魔被那喝聲嚇得一哆嗦，縮回腦袋看了看自己的身體，發現自己毫髮無傷。

「哈哈哈，這到底是怎麼辦到的，你們人類也太好玩了。」烏圓笑得直打滾。

袁香兒不得不捏住它的脖子，轉身離去。

身後的道場還在熱鬧，永濟堂的兩位老闆和妻室們正跪在法師面前，感激涕零地以高價買下護身符。

相比此地的熱鬧，街邊一個不起眼的角落，歪坐著一個瘦骨嶙峋的小乞丐。他在大冷天裡只穿著一件單薄的衣服，灰敗著臉色，哆嗦地和一隻流浪狗擠在一起取暖。

那隻同樣瘦骨嶙峋且毛髮髒亂的小狗，銜著一個無人的角落拚命吼叫。

來來往往的人群，卻沒人看見有一隻魔物正站在小乞丐面前。它束冠著袍，臉上長著尖銳的弓形鳥喙，一雙死灰色的眼睛默默盯著蜷縮在地面的小男孩，那隻狗子夾著尾巴抖個不停，卻始終擋在主人身前。

「好臭，好臭，那又是什麼？簡直是惡臭，太難聞了。」烏圓捂著鼻子喊。

「其名鬼鴆，噬魂為生，它知道這個小孩要死了，在這裡等他離魂的時候，將他的魂魄一起吞噬下去。」

路過之時，袁香兒停住腳步，伸出手指在小男孩的眉心上輕點了一下，一股細細的靈氣閃過，男孩喘了口氣，悠悠轉醒。

袁香兒留下一包新出爐的桂花糕和兩錠碎銀。這個孩子目前沒什麼大礙，只是太餓了，但若放任不管，或許會在今夜餓死街頭。

鬼鴆轉過長長的脖頸，用慘白的眼珠盯著袁香兒，發出極為不滿的一聲尖嘯。

「他還活著，沒你的事，你現在就走，否則將你封禁十年。」袁香兒低聲開口，雙手成訣，掐了個大光明鎮魔訣。

鬼鴆遲疑片刻，展開腐臭熏天的翅膀，淒厲的尖叫劃破蒼穹，展翅離開。

「阿全，你看這是什麼？是吃的！還有銀子！太好了，我們兩個在這個冬天都不會餓死了。」

袁香兒抱著採購來的大包小包，心情舒暢地走在回家的路上，身後傳來小乞丐歡天喜地的聲音，期間夾雜著雀躍的犬吠。

這個世界有很多妖魔，有些能和朋友一樣，共同生活在同一個世界裡，有些卻對人類充滿惡意。在這個小鎮還不明顯，因為這裡幾乎沒有能傷害到袁香兒的妖魔，但在闕丘鎮之外的世界，如何繁花盛景，光怪陸離，她都未曾接觸過。

到了家門口，院子的大門外停著一隊人馬。軒車寶馬，從者眾多，看起來有些眼熟。袁香兒辨認了一下，發現是曾經來過一次、住在洞庭湖畔的周生。他的妻子突然性情大變，宣稱自己是男子，非但不願再讓他近身，還把家裡折騰得雞飛狗跳。

此刻的院子裡，那位名為周德運的男子正不顧臉面地跪在雲娘面前，痛哭流涕，苦苦哀求，「您就替我想想辦法吧，我請遍了各路大仙法師，都不頂用啊，您看看我都被我家娘子打成什麼樣了。」

他把臉抬起，只見他本來還算得上英俊的面孔，像是打翻了染料鋪子，青的紫的，什麼顏色都有，鼻梁的中央還包著一塊白色紗布，十分具有喜劇效果。

雲娘為難地撚著帕子：「外子雖略有些神通，但我卻對此事一竅不通，你讓我如何幫你？」

「周德運，你纏著我師娘幹什麼？」袁香兒走上前，把手裡的東西放下來，看著那個男人的樣子，莫名覺得好笑，「你的妻子為何把你打成這樣？既然她內裡換了個瓤，變成駐守邊關的將軍，你總不能還對人家升起什麼非分之想吧？」

周德運漲紅了面孔，吭哧地說道，「非我所想，只是在下日前請了一位有道高人，他說我家娘子發此癔症乃是陰氣太重，邪魔上身。只要……只要有了身孕，自然就好了。」

「啊？你們還想要人家懷孕生子？這是不是太不道德了。」袁香兒覺得匪夷所思。

「小生家裡只有這一位娘子，夫妻之間琴瑟調和，故劍情深，並不想停妻再娶，一心盼著她能轉好，恢復如初。何況……她本就是我娘子，我、我如何不道德了？」周德運越說越心虛，說到氣處又咬牙切齒，「誰知那邪魔法力高深，一應符咒法器通通不懼，只是抵死不從，還把我揍成這個樣子。」

「我實在沒奈何，只得求到雲娘子這裡。先生不在家裡，還請娘子找一找，賜一張先生留下的驅魔符咒，或許只有先生的符籙才能起些效應，驅除鬼祟，喚醒我家娘子，使我周家不至於絕了後代，嗚嗚。」

古人的思想真是既迂腐又可笑，不過難得他對自己的髮妻一往情深。

袁香兒在雲娘的身邊坐下，「這樣吧，你若是不嫌棄，我去替你看一看，或許能湊巧琢磨出個可行之道。」

周德運喜出望外，「姑娘乃是自然先生的高徒，請都請不到的矜貴之人，如何敢言嫌棄。小生心中早做此想，只恐勞累姑娘，恥於開口。」

他遍請法師術士，折騰了一年之久，不得解決之道，心中只服童年時救過自己一命的余瑤。如今余瑤不知所蹤，能請到他的弟子自然是好的，只是考慮到袁香兒年紀幼小，不便開口，這會兒見她主動提起，自然驚喜萬分。

雲娘卻有些憂慮，「從我們這邊到洞庭湖畔的鼎州，少說有一二百里的路程。」不管袁香兒修習了多麼高深厲害的術法，在她眼中始終還是個從未出過遠門的小姑娘。

周德運站起身來，各種承諾保證，「我們到了辰州便改道沅水，走水路不過一日夜就能到。沿途都是現成的車馬，我絕不讓小先生受任何的委屈，不論是否能成，必定妥妥當當將她送回來，還請雲娘可憐則個。」

「師娘，路不算遠，我保證來得及回來陪您一起過年。」袁香兒握住雲娘的手搖了搖，「我想去師傅曾經走過的地方走走，順便看看外面的世界。」

雲娘只得嘆了口氣，點頭同意。

袁香兒把自己買的衣服一件件拿給南河看，「這是中衣，穿在裡面；這是長袍，穿在外面，這個叫捍腰，最近很流行。這個是……」

袁香兒撚起一小片不知道什麼時候混進來的柔軟布料，看了半天才反應過來這是什麼，有些尷尬地咳了一聲，「這個就算了，不穿應該也沒關係。」

「這些衣物是給你變成人形的時候穿的。我不在的這段時間，你要是回來，就去我的屋子睡，那裡最暖和。餓了的話，就去找師娘，她會給你東西吃。」袁香兒坐在炕沿，將那些內外衣物整齊疊好，口裡絮絮交代。

烏圓是自己的使徒，錦羽長住在家中，但南河只能算是客居的朋友，還需要渡過它自己的離骸期，袁香兒當然不好意思邀請它陪著自己一起出遠門。不過她還是悄悄看了南河好幾次，指望它親口說一聲「想要一起出門看看」，這樣自己也好順水推舟地拉它一道走。

可惜南河只是蹲坐在面前，始終低頭看著她疊好的衣服。這隻小狼本來就十分沉默，今日更是成了鋸嘴葫蘆，抿緊嘴一言不發。

袁香兒只好嘆口氣，反覆把各種事項再交代一遍。她不知道自己為什麼會變得這麼囉嗦，上一世的自己也時常在出差之時，將家中的小夥伴交託給他人，卻沒有這樣的依依不捨。

那時候家中空闊，唯一能讓自己想念的，不過只有三隻貓和兩隻狗，不像現在心中滿滿當當地塞著幸福的牽掛。

「錦羽，我不在家的時候，請你幫忙守著院子，照顧好師娘呀。」袁香兒來到榕樹下，敲了敲木屋的屋頂，錦羽不喜歡變換新環境，準備留在家中。

木屋的門打開了，從裡面伸出一雙小手，那手心捧著幾片軟呼呼的羽毛。

「這個是？」

「結……結契。」結結巴巴的聲音從屋內傳來。

「錦羽？你是說，你願意做我的使徒了？」袁香兒又驚又喜。

即便時間過去了很久，袁香兒依舊記得這一刻的驚喜和幸福。

她伸出雙手，珍之重之地接住那雙小手託付給她的羽毛，繪製了契約使徒的法陣，把羽毛安置在法陣之上。

這真是讓她感到貼心又溫暖，多了一個待在家中的使徒，至此即便她遠在天邊，都可以接到錦羽傳遞而來的資訊，能隨時知道家人的動態，再也不用過度地牽腸掛肚。

此刻，遠在京都的神樂宮內。

蒙著雙眼、封閉視覺的法師抬起頭來，「這麼快又結契了，布陣依舊這般自然，毫無怨懟之氣。到底是誰，還真是有趣。」

「皓翰。」他低聲喚了一個名字。

一位頭上長著角的男人憑空出現，單膝跪在他的身前。那人一頭烏黑濃密的長髮，旖旎拖在光潔的地磚上，精赤的上身繪製著無數詭異的紅色符文，聲音低沉且富有磁性，「主人，何事召喚？」

端坐著的法師將蒙著雙目的面孔，轉向屬於他的使徒，

「皓翰，我記得當初得到你，可是費了我好大的力氣。」

「是的，當初在北海和主人大戰了三日三夜，終究不敵主人神通。」

「那時候，你明明法力耗盡，渾身是傷，卻依舊不肯屈服，不得不讓我動用三皇印將你壓於法陣之上，才勉強成功結契。」法師伸出白皙柔弱的手指，托起強壯妖魔的下顎，「如今，若是我解開你的禁制，你會不會心甘情願地做我的使徒？」

妖魔的雙眸豎立，內有暗華流轉，「主人，我不想欺騙你。」

「哼，無情無義的東西。」法師失望地鬆開手，懶散地靠回座椅中，「也不知道那位是誰家的孩子，真希望她能早一些走到我們的眼前來。」

卻說袁香兒告別家中眾人，在周德運一路精心安排下，先搭乘馬車抵達闕丘鎮所屬的辰州，再由辰州改道水路，乘坐商船沿沅水東行，耗費兩日夜的時間，到達煙波浩瀚的洞庭湖畔。

周德運所住的鼎州城，地處水利交通樞紐要道，城鎮熱鬧，市井繁華。

袁香兒坐在軟轎裡一路行來，只見道路上人煙湊集，車馬並行；兩側房屋鱗次櫛比，鳳閣疊翠；內裡花街柳巷，秦樓楚館歡聲笑語，端得是歌舞昇平，繁花盛景。

「哎呀，那家賣的是什麼，看起來很好吃。那裡在耍把勢[2]，一會兒我們來看看好不好？」烏圓扒拉在轎子的窗口，探出腦袋，「哈哈哈，幸好我來了，回去說給它們聽，錦羽和南河還不知道得怎麼忌妒呢。」

「阿香，妳看見了沒，我們走的時候，南河氣得都說不出話來了。」

「胡說。」袁香兒把快掉出去的小貓擰回來，「錦羽不喜歡陌生的地方，想留下來看家；南河要是想來，自然會開口。它都沒說要來，我怎麼好意思勉強它。畢竟它還在離骸期，需要忙著獵取妖丹呢。」

「哼，」烏圓舔著自己的小爪子，小聲嘀咕，「父親說得一點都沒錯，會撒嬌的孩子才有糖吃，南河那樣的悶葫蘆只有吃土的份。」

2　把勢：技藝、武術。

轎子走了大半個時辰，抵達周府。

周家宅院外觀軒昂大氣，入內別有雅趣，樓臺亭閣，奇花異草，其間僕婦往來行走，井然有序。

周德運對袁香兒十分周到客氣，一路恭恭敬敬地引她來到正堂大廳。

此刻的廳內有著不少人，和尚道士，巫婆神漢，林林總總，各自都穿著法袍道服，均坐在廳上吃茶。因門派有別，彼此不太服氣，正針鋒相對地冷嘲熱諷著。

這些人都是周德運這段日子以重金聘請來的法師，折騰了許多時日，卻無一人能夠解決周家娘子奇特的癔症。

有些人在周家住了段時日，看主家大方，捨不得好酒好肉的招待，厚著臉皮留下來看熱鬧。也有些是心有不甘，忖著勁兒想要將此事解決，好在一眾同行中揚名立萬。

此時看著周德運恭恭敬敬地迎著一人入內，都免不了伸長脖子，想要看一看來的又是哪一派的有道高人。

那人近到眼前，卻是一位二八年華的少女，紅妝娥娥，纖纖素手，繡面朱顏，雲鬢香腮，肩上還停著一隻奶聲奶氣的小貓，像是從某戶人家偷溜出來玩耍的大家閨秀。

坐在當先的一位大胖和尚，撐了一下手中叮噹作響的禪杖，皺著眉頭道，「周施主，你莫不是急糊塗了，貧僧道你離開這些時日，是去寶剎深山尋覓得道高人。誰知卻帶回了一個小姑娘，這樣嬌滴滴的小姑娘……」

他大咧咧地說著話，正巧看著那位少女肩頭上的小貓轉過臉來，那小貓的眉心有一道紅痕一閃而過，烏溜溜的眼睛不滿地瞥了他一眼。

胖和尚突兀地闔上嘴，不再吭聲。

身後的眾人正準備跟著起鬨，誰知他卻一反常態地閉口，不再言語。和尚身邊一位高瘦的道人拍著他的肩膀道：「胖和尚，往日裡就你嘴最貧，今日怎麼啞巴了？」

那和尚只是瞪了他一眼，依舊不肯說話。

直到周德運同眾人打過招呼，將袁香兒引去後院，他方才惱怒地回了一句，「哼，別總想攛掇[3]著我得罪人，那位看起來年紀小小，來頭可不一定小。停在她肩上的那隻貓，你們瞧見沒，那可是結契過的使徒！」

「是使徒啊？」

「那貓妖是使徒？」

「小小年紀，就有使徒了？」

「使徒」二字如同石投水面，在人群中引起一陣波瀾。

「想必大家都知道，如今世間妖魔漸少，能成功結為使徒更是難得。」那胖和尚

3　攛掇：慫恿。

看著袁香兒離去的背影，語調中帶著幾分忌妒，「即便她不是自己結的契，那也必定是哪家名門大派出身，族中長輩才有能力為她精心準備以供驅使的妖魔。我平白無故，何必去得罪一位背景深厚的小姑娘。」

「小小年紀，還真叫人忌妒啊。」瘦道人同樣伸著脖子，望著袁香兒離去的方向，「誰不想給自己搞一個使徒呢，我這輩子不知道試了多少次，都沒有成功。你看吳瘸子，不就因為有了那麼一隻階級低下的蒼駒做使徒，無論走到哪裡，都比你我多幾分牌面[4]。」

離他不遠處坐著一位斷了一條腿的男人，那人聞言後，不屑地哼了一聲，緊了緊手中那細細的鏈條，寫滿紅色符文的鏈條的另一端，繫著一隻肌膚蒼白且渾身無毛的魔物。那魔物無精打采地趴在他腳邊的地面上，朝袁香兒離去的方向掀了掀眼皮。

周德運領著袁香兒來到一間廂房，那廂房門窗緊閉，窗戶上交叉釘著粗大的木條，把所有的窗子都封死了。大門外拴著幾圈鐵鍊，用一把大鎖緊緊鎖住。

門外站著幾個丫鬟，端著清粥小菜，正挨著門縫輪番勸慰，「夫人還是吃一點吧，奴婢做了您從前最愛的涼拌三鮮和紅糟豆腐，您就吃上一口吧？」

「夫人，您幾日都沒吃東西了，這樣身子怎麼吃得消？」

4　牌面：聲望。

「夫人便是和大爺置氣，也不該拿自己的身體使性子，這樣下去如何了得。」

屋內傳來極其低啞虛弱的喉音，那聲音充滿憤怒，顯然是不同意。

周德運走上前，低聲問道：「還是不肯吃東西？」

丫鬟們相互看了看，露出了為難的神色，「自您離開，整整三日了，一滴米水都勸不進，只要有人進去，就大發脾氣。」

周德運連連嘆氣，對袁香兒道：「小先生您不知道，此人雖然占得是我娘子的身軀，無甚力氣，但武技還在，實在是厲害得很，七八個人合力也敵不過他，一不小心就掙脫鎖鏈跑出來。我怕他傷到娘子的的身體，只好鎖著他。誰知他倔強起來，絕食相抗。這已經三日沒吃東西，不論是勸解還是強灌都無濟於事，要是壞了我娘子的身體，那可怎生是好？所以我才那般著急，捨去臉面，特意求您過來看看。」

他取出一柄鑰匙打開門口的大鎖後推開屋門。

此刻的屋外陽光明媚，亮堂堂的，這一門之隔的室內卻昏暗凌亂到了極點。

袁香兒適應了一下光線後，從門口向內望去，只見昏暗的屋內滿是翻倒的桌椅，零亂的衣物和摔碎的器皿撒亂一地。屋內靠牆有一張垂花大床，床前的地面上坐著一位女子，那女子垂著頭，面容憔悴，眼窩深陷，口唇乾得起了泡，被毛巾死死堵住了，一頭長髮胡亂披散在身前，雙手被反剪在身後，身上鎖著粗壯的鐵鍊。

「他一心尋死，這也是沒法子才鎖著他。」周德運低聲和袁香兒解釋。

袁香兒向前走了兩步，那女子立刻抬起頭來，警惕地盯著她。

「咦，好奇怪，明明是女人的身體，裡面卻是男人的魂魄。」烏圓立在袁香兒的肩頭，用只有袁香兒聽得見的聲音說道。

「你看得清他的樣子嗎？」

「看得見，穿著鎧甲，白色的衣袍，身後中了一箭，渾身是血。」

看來這個人真的像他說的一樣，是在沙場上戰死的將軍，魂魄還保留著自己死前最後的記憶。

這件事本來不難處理，要不招魂，要不索性就讓他以周娘子的身分活著。難就難在周德運還想將自己娘子的魂魄找回來。

「小先生，我家娘子還有救嗎？」周德運揣摩著袁香兒的面部表情，緊張地搓著手。

袁香兒示意他稍安勿躁，在被五花大綁的周家娘子身前蹲下，上下打量了片刻，伸手將他口中的布條扯出來。

「我們聊一聊，能不能告訴我你叫什麼名字？」

那位周娘子露出厭惡的神情，轉過臉去，靠著床頭闔上眼，他絕食了三日，虛弱至極，不想再搭理這些折磨他的惡人。

袁香兒看著那灰白的面色，知道如今首要的任務，是讓這個人先吃點東西，若是由著他將這具身軀餓死，那就真的無計可施了。

袁香兒想了想，開口勸道：「你既是宿衛邊陲的將官，想必也有不少同袍舊故，親朋至交。何不說出姓名來，我倒可替你尋訪他們，或可解眼下之僵局。」

那人靠著床欄睜開眼，漆黑的長髮遮蔽了大半張面容，有些辨不得雌雄的模樣，「我堂堂七尺男兒，化為婦人之體，這般形態，恥辱之至，有何顏面再見故人。」他淒淒冷笑，「如今我只求一死，好過這般不人不鬼，苟延殘喘。」

「就算你不說，我也能知道你是誰。」袁香兒撐著一隻胳膊看他，「紫金紅纓冠，龍鱗傲霜甲，團花素錦袍，使一柄梨花點鋼槍，這般打扮想必也不是無名之輩。這幾年我國邊陲安定，只在北境時有戰事發生。我只需打探一下，一年前可否有一位這般打扮的將軍出了事故，就能找到你的身分。」

床邊之人一下轉過臉來，不可置信地聽著袁香兒準確無誤地說出自己曾經的裝束打扮。

「妳……妳……」他吶吶抖動著嘴唇，終於露出了驚惶的神色。

這個時代以男子為尊，大部分的人都有根深蒂固的男尊女卑思想，作為一位叱吒風雲、征戰沙場的將軍，有可能打從心底就以變成如今這副模樣為恥。看來他真的十分懼怕被人知道原有的身分。

心裡有畏懼之處，就有談判的空間，好過一無所求，一心求死。

「只要你好好配合，我可以不去查你的身世。」袁香兒道。

那人的身軀微微顫抖，委頓在地，蒼白的面上一臉悲愴，「妳……要我配合什麼？」

他突然想到某事，面色悽楚，別過頭去，瞬間紅了眼眶，「我絕不可能雌伏[5]委於男子。」

「不不不，我絕沒有這個意思。」袁香兒急忙否認，「我需要你吃一點東西，好好休息，然後我們可以商量一下該怎麼把你送走，再把周家娘子接回來。畢竟你也不願意待在這裡，而周員外也只想和他真正的娘子團聚。」

那人抬起頭，用赤紅的眼睛死死盯著袁香兒看，片刻方擠出幾個字，「妳、妳不騙我？」

「你看，我有找出你身分的能力，而你卻沒有可以反抗我的餘地，我根本就沒有騙你的必要。」袁香兒攤了下手，「除非是你自己想賴在這裡不走。」

5　雌伏：屈居人下，不得發展。

那人神思百轉，終於垂下眼睫，點了點頭。

周德運喜出望外，急忙揮手讓丫鬟端米粥進來。

那人卻抿住嘴、別過頭，「先前，他們往飯食裡加料，才將我擒住。」

袁香兒看向周德運，周德運面紅耳赤，急忙解釋，「我是聽張大仙說的，說只要陰陽調和，就可救回我家娘子，一時急了才出此下策。」

「但我發誓我沒有對他做任何事，」他指著自己臉上的傷，不高興地嘀咕，「就是下了藥，我也不是他的對手，還被他揍出了臥房。」

「行，為表清白，你先嘗一口。」袁香兒懶得聽他解釋。

周德運二話不說，讓丫鬟分出小半碗粥，一口喝下。

那男子這才點頭接納，他餓了數日，虛弱至極，只勉強喝上幾口清粥，被鎖著鎖鏈扶到床榻上，不多時就昏睡了過去。

周德運跟在袁香兒身後出來，高興地來回搓著手，「自然先生的高徒，果然不同凡響。您這一來，就解了我的燃眉之急，我心裡實在是感激之至。您看看我接下來，還需要準備些什麼？」

「他太虛弱了，先讓他好好休息，等調整過來，再看情況行事。」袁香兒停住腳步，「你要是再出這種下藥捆人的手段，這事我就不管了。」

周德運愁眉苦臉，「絕沒有下次了，其實我挺怕他的，要不是為了娘子，我根本不想靠近那人半步。說實在的，他說自己是從戰場上下來的，這點我相信。這上過殺場的軍人就是不一樣，雖說還是我娘子的容貌，但他一個眼神過來，我就覺得後背發涼，腿肚直打哆嗦，啥事也辦不成。」

烏圓等了半天已經按捺不住，蹲在袁香兒耳邊直嚷嚷：「既然沒啥事，我們出去玩吧，剛剛在來的路上看見有人在變戲法，我想去看，現在就要。」

袁香兒同意了，笑著往外走。走出周宅沒多久，發現過往行人紛紛向著他們身後張望。

不少年輕的娘子羞紅了面孔，撚著帕子頻頻顧盼。

「哎呀，快看那個人。」

「哪來的郎君，這般俊俏。」

「當真郎豔獨絕，公子無雙。」

「從前看書上說的只是不信，今日方知何謂君子如玉，如琢如磨。」

大媳婦和小娘子們半遮著面孔，竊竊私語。雖然這個世界的男子地位高於女子，但民風倒也不算過於保守，普通人家的女子也可以出門行走，沒有不能拋頭露面之說。只是這般大膽直接地誇讚男性，只差沒有擲果盈車的盛況，袁香兒還是第一次見著。

袁香兒隨著她們的視線轉過身去，紫石道邊，白雪覆蓋的屋簷下，長身玉立著一人，那人身著雲紋長衫，足蹬烏金皂靴，漆沙攏巾收著鬢髮，清白捍腰勒出緊實的腰線，眉飛入鬢，眼帶桃花，似嗔非嗔，薄唇緊抿地看著自己。

「南河？你怎麼來啦？」袁香兒歡呼一聲，跑上前去。

第三章 消逝

袁香兒歡欣鼓舞地跑到南河身邊，「南河，你什麼時候來的？你怎麼找到這裡的？」她驚喜地說這兒說那兒，「哎呀，你穿這身衣服真好看。」

只是不知道為什麼，她總覺得眼前這位突然出現的美男子看著自己的眼神，似乎有些幽怨？

袁香兒搖搖頭，將腦海中荒謬的想法甩開，「你這樣過來，離骸期怎麼辦？這裡離天狼山很遠，即便靈氣稀薄也不要緊嗎？」

南河看了她一眼，解下繫在腰上的荷包，揭開一角，露出了一小枚流光溢彩的橙黃色圓珠。

「萬一遇上，服用這個來補充靈氣就夠了。」

「這是妖丹，你哪兒來的？」

這句話才剛說出口，袁香兒就反應過來。她一路走來，香車寶馬，軟轎輕舟，安逸舒適，悠悠哉哉地花了兩日夜的時間。而南河趁著這個空檔，趕到天狼山獵殺了一隻妖獸奪取妖丹，再一路疾馳尋覓到鼎州，這才出現在自己的面前。

滴水成冰的季節裡，袁香兒覺得心裡暖烘烘的，像是將整顆心都泡進了溫泉裡，舒適得讓她忍不住揚起笑容。

南河一手托著靈氣四溢的妖丹給她看，另一手始終背在身後。袁香兒突然將它的胳膊扯出來，挽起袖子，就看見手臂上赫然出現幾道血淋淋的抓痕，猶自沿著手臂向下滴著血珠。

「這只是小傷，舔一舔就好了。」南河把手收回。

袁香兒卻捏住它的手掌，不讓它動，來回念了三遍金鏃咒，看著血止住了，方才取出自己的手帕將傷口臨時包紮起來。

南河的手掌很大，手指修長，骨節分明，和之前那種有肉墊的小爪子差了許多，袁香兒心想著。

這個人總是彆扭又倔強，想來也不肯說，受傷也不肯說，即便肚子餓了，只怕也不會說出來吧。

一陣咕嚕嚕的聲響不知從誰的肚子裡傳出來。

袁香兒抬起頭，看見眼前的人因為被人發現自己身體的訴求，飛快地抿住了嘴，別開視線，耳朵染上一點不好意思的薄紅。

「小南餓了吧？你這兩天是不是都來不及好好吃飯？走吧，我們一起去吃點好吃的。」

「我也是，我也餓了！」烏圓飛快地接話，從袁香兒的肩頭落到地上，然後趁他人不備，突然變幻成一位錦衣輕裘的少年郎。

「這裡的靈氣也太稀薄了吧，我也想和南哥一樣變成人形，我變成人形也很好看。」它伸手搭著南河的肩膀，「南哥，讓阿香帶我們去吃這裡最好吃的菜吧！」

「當然好呀。不過烏圓，你的耳朵冒出來了，快收回去，別被人看見了。」袁香兒手忙腳亂地捂住烏圓的腦袋，「哎呀，尾巴也露出來了，先藏到衣服裡面吧。」

周德運將袁香兒請到鼎州，自然是準備一盡地主之誼，好好款待這位自然先生的高徒。

他本在前方好好地領著路，一回頭就發現在自己心目中，如神仙一般的小先生，突然就和當街一位年輕俊朗的男子說上話，兩人親親熱熱地拉著手的模樣，顯然是早已熟稔。

周德運心裡咯噔一聲，他在雲娘子面前可是打過包票，要看護好小先生。

此刻年紀尚幼的小先生和年輕郎君過度接近，自己是不是也得攔一攔？正在躊躇間，眼前一花，小先生身邊又出現了一位錦衣華服的異族少年，一般的容顏妍麗，舉止親近。

一位似皓月臨空，冷峻清貴；一位似人間仙株，活潑美豔。

周德運想起這兩位有可能都不是人類，不由驚得毛骨悚然。

「爺……我，我是不是看花了眼？」他身邊的小廝小聲嘀咕，「我剛剛好像看見那位少爺的頭上長出貓耳朵了。」

「閉上你的嘴，沒見過世面的東西。」周德運抬手拍了他一下，「那是神仙家的事，不論看到什麼也一律當作沒瞧見。管好你自己，好生伺候著便是。」

周德運帶著袁香兒等人登上鼎州最豪華的一座酒樓，開了一間雅間。憑窗臨湖，放眼望去煙波浩蕩，橫無際涯，上下天光，一碧萬頃，令人心曠神怡。

周德運顯然是這裡的常客，小二招待得十分殷勤，「周員外好些日子不曾來了，今日想嘗些什麼菜色？」

烏圓立刻開口，「我聽說你們人類有什麼西湖醋魚，我就要吃那個。」

「這位小爺，咱們這裡是洞庭湖，不是西湖，沒有西湖醋魚。」小二陪笑著說道。

「說的是什麼話，這幾位可是我周某人的貴客。」周德運一拍桌面，「沒有西湖醋魚，不會做一道洞庭湖醋魚上來，一點眼力見兒都沒有。」

小兒愁眉苦臉，連連點頭，「是小的不會說活，周員外的貴客，即便是沒有的菜也必定能有，一會兒讓咱們家大廚特意做一道，包這位小爺滿意。」

「將你家拿手的紅烺洞庭金龜、翠竹粉蒸鱖魚、雞汁君山銀針魚片、八寶珍珠魚一應做好了端上來。再湊四碟果乾，四碟涼菜，四碟山珍素菜，一盅老蔘雞湯，燙一壺蓬萊春酒。」周德運一口氣點了一二十道菜肴後，轉過臉來客客氣氣道：「小先生和兩位看看，還想吃點什麼？」

烏圓一聽基本全是魚類，心花怒放，「你這個人類不錯，你娘子的事就放心地交給小爺吧。」

從周德運的角度來看，正好能看見烏圓身後那條毛茸茸的貓尾巴，嚇得兩腿直哆嗦，口中卻只能連聲稱謝。

袁香兒看了看身邊一言不發的南河，悄悄伸過手去，捏了捏它的手，

「南河喜歡吃肉，對不？」她抬頭問店小二，「有什麼好的肉食嗎？」

「回這位小娘子的話，咱們家的君山板鴨、烤乳豬、手抓羊肉、醬牛肉都是當地一絕。」

「那就都來一份吧。」

「都……都來？」能說會道的小二都結巴了，忍不住抬頭看向周德運。

「看我做什麼？照小先生說的做，只要伺候好了，統統有賞錢。」

周德運口裡說著，心裡卻越來越慌。他的餘光瞥見，那位看上去冷清的男人在聽見袁香兒點菜之後，身後「嘭」地冒出了一條銀白色的大尾巴，蓬鬆的銀色毛髮此刻正掃著椅腿，高興地擺來擺去。

很快，一桌子的菜肴擺了上來，半桌海鮮半桌全肉，明明也不見爭搶，但那小山一般的菜肴正以肉眼可見的速度消失。

周德運的左邊坐著烏圓，右邊坐著南河，只覺得自己被夾在兩隻山嶽一般的陰影中用飯，吃得戰戰兢兢，幾乎動不了筷。

坐在他對面的袁香兒卻氣定神閒地品嘗著美味的佳餚，時不時舉杯和他碰一個，期間還不忘交待，「小南餓壞了吧？多吃些，烤乳豬都是你的，不夠再給你點。烏圓你還是變回去吧，你的耳朵又冒出來了，一會兒該嚇到小二哥了。吃慢一些，別再像上次一樣被刺卡住了。」

小先生也不容易啊，養著這些妖魔耗費頗大，看來這次要多多籌備謝儀才是，周德運心中想著。

袁香兒吃飽喝足，逛了一天的鼎州，回到周宅，那位周夫人已經睡醒了。

雖然面色依舊蒼白，但精神好了些，能夠自己從床上起身，還讓丫鬟餵了半碗白粥。

袁香兒解開他的鎖鏈，將一套嶄新的男裝擺在床頭，「我想你可能比較喜歡穿這個，如果精神尚可，換好衣服就出來，我們好好商討一下解決之道。」

那人坐在床榻上低垂著眉眼，看著那身普普通通的黑色長袍，片刻之後抱拳為禮。

大堂之內，客居在周宅的各路法師被邀請到一塊兒，早上的那位小姑娘笑盈盈地走了進來，懷裡抱著一隻小山貓，身後跟著一位俊美無雙的男子。

「我……我怎麼感覺那位一身的妖氣，又是使徒嗎？」胖和尚用蒲扇般大小的手遮著口，同身邊的瘦道人小聲嘀咕，「兩個使徒，這也太讓人忌妒了。」瘦道人幾乎想咬帕子，「所以說修行一途『財、侶、法、地』缺一不可。尤以『財』之一字擺於首位。有錢人就是財大氣粗啊。」

他們還來不及詫異少女出去逛了一圈，就多了一位使徒的事，注意力就被跟隨其後的一位女子所吸引。

在場之人全都熟悉這位女子，他們在此盤桓多日的目的便是為了此人，此人占據了周家娘子的身軀，是他們使盡全身力氣也無法驅除的邪魔。

先前無數人曾開壇作法，但這位邪魔絲毫不懼，披頭散髮，滿面怒容，形同鬼魅，被鎖在鐵鍊裡怒吼。

這還是大家第一次看見他身上沒有鎖著鐐銬，衣冠齊整，神情平靜地步行於人前。只見那位周娘子穿著一身素黑色的男式長袍，領口露出一截白色的裡衣，襯得膚色如雪，她把一頭青絲梳了個錐髻，柳眉深鎖，鳳目淒淒，一撩下襬在桌邊坐下，習慣性地將脊背挺得筆直。明明是弱柳扶風之軀，卻不墮金戈鐵馬之勢。

「是這樣的，」袁香兒對他說道，「我希望你能將來到這裡的詳細過程細說一遍，此間不凡前輩高人，大家商討一下，或許能想出一兩全之法。」

袁香兒知道自己不論理論知識，還是實戰經驗都遠遠不足。而周德運請了這麼多法師術士，總不可能全是騙子，想必也是有真本事的人存在。大家一起集思廣益，或許更能找出解決問題的辦法。她希望能夠盡快幫到他人，倒不在乎個人是否揚名立萬。

那位周娘子沉默了片刻，緩緩開口，「那日在戰場之上，我中了賊人一箭，周身劇痛，掙不住從馬上滾落下來。」

他身負重傷地滾落在黃塵中，起身後只覺身邊白茫茫的一片，不見天日，他在這片迷霧中渾渾噩噩地走了許久，尋覓不得出路，也忘記自己身在何處。某日，突然在白霧間遇到一女子，她蹲於路邊嚶嚶哭泣，詢之，此女言曰，成婚多年，上侍公婆，下育小姑。因夫君只好雅談高臥，不喜繁雜庶務，是以家宅瑣事，內外庶務，均由她一力承擔，妥帖打理。只是多年未能生育，因而時時被公婆責罵、被夫君厭棄，受他人嘲笑。只覺女子存於天地之間，何其難也，是以在此哭泣。

周德運聽到這裡，急忙說道：「我並無嫌棄娘子之意，只是周家只有我一脈單傳，未免急切了些，於是就……」

他越說越小聲，覺得自己過往對娘子的種種行為和態度，確實算不上沒有嫌棄之意。

眾人間也有人回聲：「一個女子不能為夫家延續香火，本為大過，能管家理事又有什麼用？周員外不曾休了她，已經算得上是有情有義。也不知有何顏面哭泣怨懟？」

那位周娘子苦笑一聲：「我本也是這般想法，只有真正身為女子之後，才略微明白她的苦處。」

當時，他渾渾噩噩地不知道走了多久，只見著眼前這一人，又見她哭得搖搖欲墜，不免伸手攙扶。誰知就在觸碰到手臂的那瞬間，只覺天旋地轉，彷彿一腳踩空墜落深淵。醒來之後，就已經進入這具身軀之內了。

「不對啊，」胖和尚撐了一下禪杖，「你這有可能是生魂，死靈走的是漆黑一片的酆都鬼道，只有生靈才能在白晝裡徘徊。」

「生靈的意思是他有可能還活著，只是魂魄意外離開了軀體。」袁香兒側身為南河解釋，「只是現在不知道真正的周娘子的魂魄，到底去了何處。」

南河沾取手臂上的血液，伸指在桌面上畫了一個小圈，從周家娘子頭上截取一截青絲放於圈內，紅色的圓圈內漸漸起了層白霧，霧氣中隱約可見一位女子的魂魄在縹緲移動。

「小星盤？這麼容易就做了一個小星盤？」

「這到底是誰？哪裡出來的大妖嗎？」

周圍響起竊竊私語之聲：

「要說世間的小星遙觀之術，當屬深藏神樂宮內的白玉盤，據說可以看見世間任何一處你想看的角落，不像這樣模糊不清。」

「那是洞玄教的鎮派之寶，幾人能夠瞧見？倒是這般引動星力結小星盤之術，前所未聞。」

眾人圍觀著那個在小小星盤內活動的朦朧影子，那身影或坐或站，輕鬆寫意，顯然不受拘束，生活自在。

「這樣看來，周家娘子確實還活著，而且會不會換到了這個男人的身體裡去了？」

「不可能，她的魂魄若是不受拘束，我先前用蒼駒招魂了無數次，為何均未成功？蒼駒的招魂之術非凡俗可比。」斷了一條腿的術士面色不善地反駁道，他抬起完好的那條腿，狠狠踹了趴在身邊的使徒數腳，「你是不是又敷衍我，不曾盡力？等這次回去，我要你好看！」

那渾身無毛的魔物滿臉戾氣地瞪著瘸子，喉嚨裡發出壓抑而憤怒的喉音。但因為受到契約的約束，最終還是不得不委屈地伏下身，任憑主人踢打。

「小先生，」周德運拉著袁香兒的衣袖急切地問，「既然娘子還活著，她為何不回來尋我？」

袁香兒無奈地看了他一眼，她其實有些理解那位周娘子不主動回來的原因，這個時代的女子生活之艱難，社會地位之低下，她也算是深有體會。即便換作是她，在這樣的環境中，也許更願意以一個男人的身分生存。

困擾了周家一年多的事情，在袁香兒到來後的短時間內，終於出現了轉機。

周德運大喜過望，眉開眼笑。

大廳內的眾人神色各異，有訕訕不已，有暗自忌妒，當然也有表現出親近之意的人。

那位瘸了腿的男子冷哼一聲，站起身扯著他的使徒，自顧自地離開了，他的使徒看起來像是一匹沒有鬣髮的小馬，背上縮著一對肉翅，渾身肌膚交錯著新舊疤痕，傷痕累累。

先前在背地裡埋汰[6]過袁香兒數次的瘦道人，在袁香兒的面前異常的熱情親切，「小友年紀輕輕，卻修為不凡，真是令我等敬佩不已。如今已被小友找準方向，只需順著線索找到周夫人，鎖拿二人魂魄，各歸原位，即大功告成也。」

他滿面笑容，用瘦骨嶙峋的手指從衣袖裡摸出兩張捲了邊的符紙，「老夫專修鬼道，這是我獨門祕製的攝魂符，可保生魂聚而無失，還請小友笑納，也算我為周員外之事略盡一點薄力。」

袁香兒客客氣氣地接過來，「那就多謝前輩了。」

周德運自然也跟著連連道謝，還命隨從當即捧來謝儀。

其他人一看，心裡暗罵瘦道人太狡猾，用兩張並不算稀罕的符籙，一來在主家周員外面前留了面子，二來同這位出身神祕，年輕且不諳世事的小姑娘迅速打好了關係。

這麼一來，那些有想法的人便也紛紛圍上前，和袁香兒攀談起來。

周德運雖是富庶之家，但以他家的程度能夠請到的，多是在民間闖蕩出一些名氣的

6 埋汰：中傷。

散修[7]，真正高門大派裡那些地位崇高的修士，諸如在京都的國教洞玄教，昆侖深處的清一教，他還是搆不著資格請的。

如今人間靈氣稀薄，資源匱乏，散修的修行之道尤為艱難，他們也就免不了一邊羨慕忌妒能夠享受門派資源的名門弟子，同時又忍不住想要接近他們，以便探討一些功法祕訣，多少沾一些便宜。

按道理，她這樣才十六七歲的小姑娘，多是潛心道學，缺少歷練，不通人情世故，很容易摸透左右才對。但很快，這位看起來單純可欺，笑得甜甜的小姑娘實際上卻滑不溜手，一點都不好糊弄。好似客客氣氣地和你聊上半天，口裡前輩前輩地叫，實際上連個師門出身都不肯洩露。

雖然袁香兒看起來年輕，但上輩子早已在社會上打滾多年，對這種場合並不怯場，應對自如，遊刃有餘。

眾人不但沒從她口中套出什麼，倒是被她若無其事地套出了不少事情，略微了解一些如今修真界的情況。

待眾人散去，只留下周德運和那位附身在周家娘子身上的將軍。

周德運興奮不已，恨不得即刻啟程，北上尋找自己的娘子。但那位將軍卻神色猶

7 散修：憑一己之力修行，且沒有加入任何門派的修道者。

豫，雙眉緊鎖，似乎極為不安。

袁香兒安撫他，「我們出發的人不會太多，只帶幾位口風緊的家人。到了那裡，我保證若不經過你同意，我們絕不輕易接觸你的親朋故舊。找到你的身軀之後，若真是周家娘子暫居其內，我們會想辦法單獨和她見面，視情況一起商討下一步的行動。無論如何，絕不會暴露你還活著，並寄居在周家娘子體內的這件事，你看行嗎？」

那位將軍繃住下顎，咬肌挪動，看了袁香兒多次後，終於下定決心，艱難地說出幾個字，「大同府，豐州。」

豐州，那個地方遠得很。袁香兒在腦海中過了一遍地圖，大約在現代的呼和浩特市附近，放在眼下的大陸板塊，更是邊陲荒涼之地，萬里黃沙，狼煙時起，去一趟可不算容易。

「我家娘子從小生活在江南水鄉，住在那樣荒蕪的地方怎受得了？想必是受了不少委屈。我這就去接她，這就去接她回家。」周德運心浮氣躁，幾乎恨不得立刻啟程。但想到從此地去北境，萬里之遙，光是打點行裝，安排舟車都不是一兩日能成之事，急得直跺腳。

「這樣吧，如今已近年關，你準備行裝、安排路線。等翻過年去，我們再出發，特別是這位……」袁香兒看了周娘子一眼，還不知那位將軍的姓名。

「在下……仇岳明。」那位將軍閉上雙眼，斟酌許久，終於開口說出自己不惜以死維護的名字。

「仇、仇、仇將軍？」周德運一下蹦起來，說話都結巴了。即便生活在安逸祥和的內陸地區，也聽過這位年少成名，駐守邊關，立下赫赫戰功的將軍的威名。

他想起自己先前幹過的糊塗事，差點沒當場給自己兩耳刮子。

袁香兒接過話題：「特別是仇將軍的身體過於虛弱，一定要趁這段時日好好調養。否則長途跋涉，移魂換位，未必吃得消。」

因為過完年才遠行漠北，袁香兒打算先回闕丘鎮和師娘好好過年，臨走之前自然要大肆採購一些鼎州特產，帶回去孝敬師娘，饋贈四鄰好友。

袁香兒和南河走在熙熙攘攘的集市上，左買一包糖果，右買幾斤乾貨，擰得兩人手上都堆成了山。

「對了南河，你那個小星盤是怎麼辦到的？似乎很有用。」袁香兒想起南河那個一出手就鎮住了全場的術法。

「那是我的天賦能力，用我的血當作媒介，引動星辰之力。再加上所尋之生靈的隨身之物，只要它在星空籠罩的範圍下，都無所遁行。可惜我能力不足，只能看見一個極不清晰的影子。」

「那已經很厲害了，你沒看見所有人都十分吃驚呢。」

「如果妳想要，可以將我的血液融合進類似圓盤的器皿中，煉製成你們人類使用的法器，就能達到相同的效果。」

袁香兒把頭搖成波浪鼓：「用你的血？不要不要，我寧可不要。」

「也不一定要用血液，身體髮膚都可以。」

「真的嗎？」袁香兒高興地伸手摸了一把南河的胳膊，遺憾地發現因為穿了衣物，而沒了往日毛茸茸的手感。

「那你分我一撮毛髮，改天我也試試，看能不能煉出一個金玉盤、銀玉盤什麼的。」

南河呆滯了片刻，一瞬間耳尖泛紅，迴避袁香兒的眼神，隨後才勉強回應了一聲「好」。

她並不知道的，不知道那個風俗。

南河覺得自己的耳朵快要控制不住地冒出來了。

在天狼族求偶成功之後，有個最重要的儀式，就是彼此交換一撮自己的毛髮，並將對方的毛髮編織混雜在自己身上，稱之為「結髮」。

反正這個世界上也沒有其他天狼了，她說想要我的毛髮，只是煉製法器而已，給、給她也沒什麼關係吧。

袁香兒並沒有注意到多愁善感的南河的情緒變化，只是走進一家乾貨行，開口打包十隻板鴨，「這裡的君山板鴨很好吃，又放得住，打包幾隻回去下酒好不好？銀魚乾好像也不錯，要不要也帶上一些，烏圓？奇怪，烏圓跑哪兒去了？」

袁香兒回過頭，發現烏圓在人群中走散了。

一處人跡稀少的小巷子。

巷子內站著一個瘸了腿的男人，那人彎下腰，晃動著一碟子的香炸脆魚，誘惑離他不遠的一隻小山貓。

「吃嗎？香噴噴的脆魚，可以給你吃。」男人盡力擺出親切的笑容，堆出一臉的褶子。

烏圓警惕地盯著那個男人，動了動鼻子，一臉嫌棄，「哼，我才不要，阿香都只給我剛出鍋且肉質最鮮嫩的洞庭小銀魚，誰要你給的。」

「別走，別走，你再看看這個，你肯定沒見過。」那人勉為其難地從懷中掏出一塊泛著瑩綠色光澤的玉石，「這是靈玉，蘊含充沛的靈氣，只要戴著它，即便在靈氣稀薄的人間界化為獸形，也能維持一段時間。只要你過來，我就把它給你。」

「誰沒見過靈玉啊，我老爸把一堆靈玉墊在身體下睡覺呢，小爺才不稀罕。」烏圓嗤之以鼻，「何況，你明晃晃地在地上畫了一個法陣，我又不是傻了，怎麼可能會過去？」

那瘸腿的男人沉下面孔，「蒼駒，抓住它。」

烏圓轉身就跑，一道黑色的身影擋住了它的退路，此人黑衣黑髮，肌膚如雪，神色冰冷，一雙眉毛淡得幾乎看不見，是妖魔蒼駒的人形。它披著一件半長的黑袍，裸露在外的四肢傷痕累累。

此刻它一言不發，伸出蒼白的五指向烏圓伸去。

烏圓張嘴「喵嗚」了一聲，噴出一大團紅色火焰。

顯然蒼駒時常在這種地形戰鬥，身手異常靈活，踩著牆壁避開了火球，在牆頭扭轉身體，結了個手印，噴出一個數倍於烏圓大小的火球。

烏圓從小到大就沒怎麼和人打過架，眼見巨大的火球撲面而來，一下亂了手腳，幸虧它是火系魔物，不怎麼畏懼凡火，慌裡慌張地從火球中穿出來，拔腿向外飛奔。

「蒼駒，你要是敢讓它跑了，我就在這裡剝了你的皮！」瘸腿的男人惡狠狠地站在巷子的陰影內。

烏圓四肢並用，全力奔跑，一股強大的風力從身後襲來，一下將它掀翻在地。

蒼駒的身影出現在它的眼前，長直的黑髮在烏圓的視線中緩緩落下，「抱歉，我不能違背主人的命令。」

蒼白的五指向烏圓伸過來，越離越近，就在要抓到它的面門之時，一個柔軟的手掌突然將它一把撈起，護進了一個溫暖而熟悉的懷抱。

袁香兒抱著烏圓站在巷子口，冷冷地看著瘸腿的男人和它的使徒蒼駒。

「瘸子，你這是什麼意思！」

懷裡的小山貓把整個腦袋埋進她的臂彎，發出嗚嗚嗚的奶音，露出一小節炸了毛的尾巴尖在瑟瑟發抖。

袁香兒覺得自己也要炸毛了。

那瘸子面上的肌肉堆了起來，冷森森地哼了一聲，「妳把這隻山貓賣給我，我給妳五塊靈玉。」

「就算你給我五十塊靈玉，我今天都不會讓你好好離開這裡！」

彼此說話的聲音還未落地，那瘸子就已經掏出符籙開始念誦咒文，他提前繪製好的法陣溢出濃濃黑氣，張牙舞爪的黑色藤蔓從法陣中爬出。

袁香兒一手抱著烏圓，只出一手，瑩白的手指在空中變幻莫測，如曇花驟現，似幽蘭驟放。

「天缺訣，陷！」

「地落訣，束！」

「泰山訣，罰！」

三道咒術伴隨飛快變幻的指訣吟誦。

瘸子腳下的地面突然裂開，將他陷落其內。大地中的黃土層層湧起，完全不給他喘息的餘地，緊緊束住了他的身軀。天空中降下無形的壓力，接二連三地打擊在他的頭頂之上，壓得他慘叫連連。

密集術法的攻擊，打得他根本反應不過來。

陷落在地下的男人心中一片發涼，在時常行走於江湖的這一批散修中，他的修為算是不錯的，甚至還有令人豔羨的使徒相伴左右。因而儘管他的性格陰暗、脾氣惡劣，同行之間還是對他多有恭維，禮讓三分，讓他覺得自己跟那些大門派的弟子差不了多少。

這一刻他才發覺，自己和眼前這位年紀輕輕的少女之間差距有多大。這位十六七歲的女孩單手成訣，便可讓他毫無反手之力。

他甚至看見那位少女，駢兩指凌空書寫，口中呵斥一聲「神火符！疾！」，空中便出現一隻火鳳的身影，那火鳳清鳴一聲，開口噴出神火，將法陣中的烏木燒得一乾二淨。

「放開我的主人！」蒼駒從空中落下，身手快如閃電，攻向袁香兒。

一隻巨大的天狼從袁香兒身後出現，狼嗷低沉，張口咬住了蒼駒的身軀，把它整個人叼在半空中。蒼駒在南河的口中拚命掙扎，伸出滿是傷痕的手臂來推打南河，卻無濟於事，只能發出痛苦的聲音。

「別、別殺它！它剛剛留了一手，想放我走的。」烏圓把腦袋從袁香兒的臂彎裡抬起來，飛快地說了一句，又將頭埋了回去。

「原來門派之別，差距竟然如此之大。」瘸子所在的位置靠近法陣，被煙熏得一臉烏黑，眉毛和頭髮燒了大半，他看著在半空中被擒拿住的使徒，心灰意冷地開口求饒，「是我有眼不識泰山，還請姑娘饒恕一次。」

「你先告訴我，你為什麼要抓烏圓？」

「山貓族的天賦是真實之眼，我缺這對眼睛來煉製照明妖魔真身的照妖鏡。如果妳願意賣給我，我不僅可以給妳更多靈玉，還能贈予妳蒼駒的毛髮和血肉，那是煉製攝魂令的好東西。」

袁香兒登時怒了，連使二十次泰山訣，把他壓得骨骼碎裂，口吐鮮血。

「它是妖魔，被妳契為使徒，不過就是牛馬一般的存在，姑娘賣或不賣，又何必如此惱怒？」瘸子呸掉口中的血，面部肌肉抖動，「難不成妳身為人類，還會同情這些妖魔？」

「它們不是貨物，也不是牛馬，和我們一樣有血有肉，能說話、會思考，你怎麼能幹出這種殘忍的事情？」

「妳難道不知道這些妖魔，是我們人類的天敵？」埋在土地裡的瘸子突然憤怒了，面容扭曲，「它們以人類為食，強大且沒有感情，輕而易舉就能毀滅妳的村子、妳的父母、妳的家人。對它們來說，我們就是螻蟻、是爬蟲。妳竟然護著妖魔？哈哈，真是可笑，想不到這個世間竟然還有向著妖魔的人類。」

或許是妖魔毀了他的家園，這個人看起來和妖魔有著不可調和的矛盾。

袁香兒揉了揉眉心，知道因為立場不同，他們之間永遠都不可能說服彼此，只是嘆了口氣，「人類有善惡之人，妖魔也一樣，有凶惡的，自然也有友善的，不可一概而論。我們人類不也是一樣，殺人、絕戶、屠城這種事，做得更多的難道不是我們人類嗎？」

瘸子冷哼一聲，「我才不管那麼多，我只知道他們拿走了我的腿，拿走了我的一切，我這輩子都不會原諒這些畜生！」

袁香兒沉默了，看著對妖魔深惡痛絕的癟子，和南河口中被長期虐待得遍體鱗傷的蒼駒。

「這樣吧，你解開你使徒的契約，我就饒你一命。」

「不可能……唔。」癟子還來不及怒罵，周身的黃土驟然收得更緊，一點點將他向地底深處拉去。

而那位施展法咒的女子冷漠地站在他的面前，等待他做出抉擇。

「我……我放，我解開契約。饒命，饒我一命。」即將被淹沒頭頂的他不得不屈服，最終同意解開了一直以來奴役蒼駒的契約。

癟子從地底被放出來，滿口是血，一臉怒色地瞪著從南河口中放下來的蒼駒。

他念誦口訣恢復了蒼駒的自由之身。

「畜生，竟然讓你跑了，讓你這個畜生給跑了……」癟子吐了一口血後，昏了過去。

蒼駒沉默地看著倒在地上、已經昏迷過去的前主人，這個人類對它充滿了惡意，折磨它很久了。

微風拂起它柔順的長髮，髮絲飛舞，給那張蒼白的面孔帶上了一絲悲傷。

袁香兒看著它手臂上露出來的傷痕，那裡新舊痕跡層層累覆，顯然常年遭受著非人的折磨和虐待。

「你很恨人類嗎？」袁香兒忍不住問它。

有著黑色長髮的妖魔點了一下頭。

「你，想讓他死嗎？」袁香兒指著昏迷過去的瘸子。

蒼駒想了一下，慢慢地搖了搖頭，「不，我不希望他死去。」

「好像是很多年前，我還是一匹小馬的模樣，到人類的村莊玩耍，認識了一個小男孩。」蒼駒看著地面上，即便陷入昏迷，依舊滿臉戾氣的中年男人，「那是一個十分貧瘠又安逸的小村子，每次我去，那個男孩都很高興，他會準備連他自己都捨不得吃的糖塊給我，笑得那麼開心。」

它抬頭看袁香兒，神色有些迷茫，「可是有一天，我睡了很長的一覺，待醒來的時候再去找他，他已經不再記得我，他的外貌也變了很多，斷了一條腿，還急切地要我做他的使徒。」

「我同意做他的使徒，但他剃去我的毛髮用於煉製法器販賣，鎖住我的脖頸不讓我反抗，還沒日沒夜地打我，再也沒有對我露出過曾經的笑容，再也沒有請我吃過糖果。」它低下頭，現出本體，變成了一隻沒有毛髮的醜陋馬匹，「我不再喜歡人類了，我打算回靈界去，再也不會回來這裡了。」

在它張開翅膀即將飛走的時候，袁香兒突然喊住它。

「等一下！」袁香兒把自己剛買的桂花糖遞到它面前，「不喜歡人類也沒關係，不來人間也沒關係。你喜歡糖果，這包糖送給你，帶回去慢慢吃，再好好地睡一覺，把人間的一切都忘了吧。」

蒼駒的蹄子在地上刨了刨，伸頭叼住那袋糖果，它轉頭看了南河和烏圓一眼，展開後背的肉翅飛上天空。

「真羨慕你們。」

空中傳來它沉悶的聲音。

袁香兒抬頭看著天空許久，直到那個小小的黑影澈底在陽光中消失不見。

她想了想，從懷中掏出一顆壞了的金球，「鼎州這麼大，想必有不少首飾行。我想一會兒找一家大的，把這個修一修。」

恢復成人形的南河轉頭看她：「厭女的金球？」

厭女是天狼山鼎鼎有名的大妖，最大的特徵就是無時無刻把玩著一顆金球，南河一眼就認了出來。

「嗯，我陪它玩了一次球，總覺得它看起來好像很孤單的樣子。我想著如果下次見到它，至少可以把它的玩具還給它。」

瘸子醒來的時候，發現自己已經和他的使徒失去了聯繫。他意識到那個一直跟在自己身邊，令人厭惡且髒兮兮的妖魔，再也召喚不來了。

他的心中充滿仇恨，自從腿斷了以後，他的人生似乎只剩下仇恨，世界對他總是充滿惡意，彷彿從不捨得給予他半點溫柔。

世人對他鄙夷輕視，個個在心底嘲笑他是一個殘廢。

但他有著戰鬥力強大的使徒，能夠製作販賣別人沒有的法器，那些人不得不假意歡喜地巴結他。

可是如今，他連唯一的使徒都沒有了，他痛恨這個世界。

瘸子臉上的肌肉抖動，咬著牙在雪地裡爬起身，他修行多年，雖然傷得很重，但還不至於要了他的命，身邊空落落的，沒有任何東西，天氣似乎比往常更加寒冷。

一雙烏金色的皂靴停在了他的眼前，瘸子抬起頭，靴子之上是精緻的雲紋長袍，勒著清白捍腰，再其上是一副皎如玉樹，俊逸無雙的容顏。

那人有一雙琥珀色的妖異瞳孔，正含著冰雪，居高臨下地望著自己。

瘸子如墜冰窟，忍不住開始瑟瑟發抖，這個容貌美豔的男人，是那個女人身邊的妖魔。他知道這隻妖魔的原形是一隻體型巨大的銀白色狼妖，強大而恐怖，一招就能咬死自己強大的使徒。

來自童年的恐懼一下懾住了瘸子的全身，當年他的家鄉，就是毀在一隻毛髮濃密的巨大妖怪的爪下。

可悲的是，那隻妖魔的眼中根本沒有他們這些生靈的存在，它可能只是正在經歷一場戰鬥，或是隨意發洩脾氣。利爪凌空，吼聲震地，海浪一樣的毛髮席捲而來，用像擎天柱一般的四肢，從村子中踩踏而過，毫不經意地毀掉他最珍惜的一切。

它會殺了我，就像當年那隻妖魔一樣。瘸子麻木地閉上了眼睛。

「你還記得一匹青黑色的小馬嗎？因為它喜歡吃甜食，你小的時候，每次都會帶著一塊飴糖在村子的後山等它。」空中傳來魔物的聲音。

「什……什麼？」瘸子有些愣住了。

那些濃黑而惡臭的記憶被層層剝開，露出了深藏其中的一點清白時光。

依稀在他還很小的時候，是有過這麼一匹小馬駒。

那時候村子還在，他也只是一個無憂無慮的孩童，在村子的後山遇到了一匹毛色異常漂亮，不怎麼害怕人類的小小馬駒。

他把自己唯一的一塊糖果給了那匹小馬，從此他們成了朋友。他每次都會帶著自己捨不得吃的飴糖來到後山，小馬就會歡快地向他飛奔而來，舔著他的手心，還讓他騎在自己的後背上。

那時的天空灑滿陽光，青草地上全是無憂無慮的歡樂。可是不知從哪一天開始，那匹小馬再也不來了。小男孩握著手中的糖果，到山坡上等了一日又一日，直到糖化了，不能吃了，那位朋友的身影也沒再出現過。

之後的歲月變得艱難而悲慘，痛苦將童年那一點微不足道的歡樂深深掩埋。如果不是眼前這隻妖魔提起，瘸子甚至不記得自己的生命中，還有過這樣快樂單純的時日。

「你大部分的同伴都無法成功，而你卻得到了蒼駒那樣強大的使徒，你知道是為什麼嗎？」那妖魔的聲音開始遠離，顯得縹緲虛幻。

「為……為什麼？」瘸子轉動著混濁的眼珠，「那自然是因為我當時的法陣……」

他耳邊似乎有驚雷響起，腦子裡亂哄哄的，當時成功契下使徒，得意和狂喜沖淡了一切疑慮。如今細想，他也不得不承認自己的法陣其實沒有多高明，實際上，自己的法力根本比不上蒼駒那強大的妖力。

但他為什麼能得到蒼駒？

蒼為青黑，駒為小馬。

後山的草坡上，舔著他的手吃糖的青黑色馬駒。

瘸子瞪大瞳孔，牙齒發出咯咯的聲響。

「它成年之後，從沉睡中醒來，一路飛奔向你，心甘情願成為你的使徒……不知如今的你，是否能體會到一星半點兒它當時的心情？」

南河看著身處在泥汙中、陷入回憶的人類，從雪地裡拔起腳步，轉身離開。

留在身後的那個男人，年過半百，身軀殘缺，孤獨陰沉，身邊不再有任何一個朋友。不知此後，他那顆殘忍而暴戾的內心，是否也能偶爾想起曾經的那片山坡，和那匹飛奔向他的馬駒。

南河不知道自己為什麼要特意走回來，或許那時看著那傷痕累累地飛回靈界的身影，就忍不住想著，至少能將它真正的心意傳達給眼前這個人類。

第二咒〈厭女〉

第四章　彌補

此刻的袁香兒抱著烏圓，坐在鼎州城最大的首飾行福翠軒中。

她問了幾家商號，都說福翠軒製作這種金球的技藝最為出眾，推薦她來問一問。

福翠軒的掌櫃年逾四十，一副穩重憨厚的模樣。他拿著袁香兒遞過來的金球細細端詳了半晌，有些猶疑不決，抬起頭來道：「此物看起來有些年頭了，依稀就是小店家傳的玲瓏球，只是損毀過度，圖案紋理都難以辨認，還請客人隨我入後堂稍坐，容我攜此物去請教家中長輩，看看是否還存有當年製作的圖紙。」

袁香兒隨他轉入門店後的一間雅廳，相比起門店的華麗氣派，後院的這間廳堂倒布置得古樸且雅韻，顯出了百年之家的底蘊。

紫檀雕花案桌上供奉著金銅古鼎，青花瓷器，兩側一溜的楠木交椅，上懸一幅工筆水墨大畫，還有一對烏木雕刻的對聯。

掌櫃告辭入內，袁香兒便獨坐在交椅上等待，一面賞畫一面摸著懷中的烏圓，「南河跑回去幹什麼？都過了半天還沒回來。」

「南哥肯定是去替我報仇的，大概已經一口吞掉了那個瘸子。」烏圓氣鼓鼓地鑽出腦袋，「不不不，那個人類太臭了，我南哥可下不去嘴，別倒了自己的胃口。」

袁香兒啼笑皆非，「以後人多的時候不許再亂跑，被別人抓走的話，就沒有小魚乾吃了。」

「我不管，我今天嚇到了，要吃一整桶小魚乾才可以。」

袁香兒點著小貓的鼻子：「行啊，一會兒去洞庭湖邊上，吃剛從湖裡打撈上來的小銀魚，讓店家裹上麵粉，再灑點鹽，把兩面煎得嫩嫩的，安慰一下我們受驚的小烏圓。」

烏圓這下高興了，渾然忘了剛剛的驚嚇，從袁香兒懷裡跳到地上，在房間內四處溜達，「咦，這畫得好像天狼山呀，讓我想起上次我們和厭女一起玩金球的時候。」烏圓抬頭看著廳上懸掛的字畫。

袁香兒尋聲望去，只見畫中層巒疊嶂，青松映雪，松樹下一對天真爛漫的垂髫女童，正開心地踢著一枚玲瓏金球。兩個女孩，一人褐衣一人錦袍，被畫師描繪得活靈活現，歡快生動的神情彷彿時光被凝固在了畫卷之上。

左右書有對聯，「乾坤百精物，天地一玲瓏。匠心獨刻骨，鬢皤莫忘恩。」

袁香兒看著畫上女孩燦爛的笑容，微微皺起眉頭，國畫技法不容易識別人物面孔，但她總覺得這個著褐色衣物的女孩，莫名有種熟悉感。

此時，一位神色親和的使女掀起簾子，端著茶盤進來，笑盈盈地給袁香兒奉茶。

「勞煩姐姐，敢問廳上這幅名作是出自哪位大家之手？」袁香兒向她詢問。

那使女笑著舉袖掩唇，「這幅畫不是別人畫的，是我們家太夫人年輕時的手作。」

商戶人家的女孩並不像世家望族中的丫鬟那般，從小被教訓得三緘其口，不敢說話。這個小姑娘性格活潑，十分健談，袁香兒和她年貌相當，幾句攀談下來，很快熟稔了起來，並從她口中得知發生在這間百年老店，一些廣為流傳的往事。

數十年前，這間工藝精湛的祖傳店鋪，曾因為家中缺少了繼承人，遭遇小人惦記，而險些斷了傳承。後來，多虧當時家中唯一的女公子，也就是如今的太夫人，以女子之身，排除萬難，一肩挑起家族重責。

當時的太夫人頂住流言蜚語，咬牙不肯外嫁，二十好幾才招了一位贅婿，終於帶領家族渡過難關，不僅守住家業，甚至還將家傳手藝發揚光大，做到了聲名遠播的程度。

「這件事，我們鼎州無人不知、無人不曉呢，都誇我家太夫人是女中豪傑。」使女提起他們家的傳奇女英雄，雙目放光，一臉崇拜。

「大家都說，我們太夫人是有神仙庇佑的人，才能如此慧業過人，不遜於男子。聽說太夫人在年幼的時候，曾在天狼山走失，大雪封山的季節，十歲的年紀，在雪山深處迷失了一月有餘，」她合了一下手，向畫卷拜了拜，「妳猜最後怎麼著？她竟然毫髮無傷地出來了，妳說，這是不是被神仙護著的？」

袁香兒和烏圓看著那幅畫，你看我、我看你，半天說不出話來。他們終於想起了厭女口中說過的故事，有個在深山迷路的人類女孩，和她吃住在一起，一道玩耍金球，最後那女孩將球送給了厭女，就再也沒有出現在天狼山。

「妳家太夫人如今高壽？」

「太夫人過了年去，就六十有六啦，身體還硬朗得很，每頓要吃兩碗米飯，日日早起要玲瓏球呢。」

這裡正說著話，屋外響起一串密集的腳步聲。

當先的是一位白髮蒼蒼的老夫人，她拄著檀木拐杖，步履急促，面色激動，「都別攔著我，是誰，到底是誰把這顆玲瓏球帶來的？快領我見見。」

她的兒媳和孫女急忙地追在她身後，丫鬟僕婦，個個拎著裙襬，跑得氣喘吁吁。

「太夫人等上一等，仔細腳下。」

「阿娘慢些，小心摔著了，容媳婦先給您打個簾子。」

「太奶奶慢些走，等孫兒一等。」

那老夫人誰也不搭理，抬手一掀簾子，當先跨了進來，直直看著袁香兒，儘管她是鼎州城人人傳頌的傳奇女子，但歲月並沒有寬待她，早已毫不留情地帶走了她的豆蔻年華。

如今的她站在那幅掛畫之下，畫中的女孩蹴金鞠，時光永固。畫下雪鬢霜鬢，垂暮黃昏，枯瘦的手緊緊抓著那個變形的金球。

那位老夫人死死盯著袁香兒看了半晌，蒼老的手掌拄著拐杖，不住地顫抖，許久才露出了失望的神色，「不是，妳不是阿厭，妳是從哪裡得到這個金球的？」

顯然她在日常裡積威甚重，身後的大大小小魚貫跟進屋內，個個一臉好奇，卻無人敢多聲，只悄悄打量著袁香兒。

袁香兒站起身來，面對著一群女人灼灼的目光，一時不知從何說起。

倒是那位太夫人率先鎮定下來，她屏退了眾人，只留長子和長媳在身邊陪客。

她扶著椅子的扶手慢慢坐下，緩了兩口氣，臉上的皺紋舒展開，努力使自己那張看起來有些嚴厲的面容，顯得溫和一些，小心翼翼地同眼前這位年輕的女孩說話，「小娘子，妳能不能告訴我這個金球是從哪裡來的？妳不要當心，婆婆絕不搶妳的東西，只要妳願意說出來，就是拿十個金球和妳換都行。」

福翠軒的大掌櫃，也就是太夫人的長子婁衙恩，此刻心裡有些發酸，他是母親一手教大的，從小跟在母親身邊出入商場，見慣了母親剛毅果決，作風強硬。已經很久沒見過母親這樣患得患失，陪著小心，談判還沒開始，自己先露怯的模樣。

罷了罷了，母親一生只有這件事梗在心中，別說十個金球，便是百個也將它買回來，左右要令母親大人開心便是。

婁銜恩在心裡拿好了主意，又聽見他的母親率先自報家門，「老生姓婁，單名一個椿字。此球是我幼年之時贈予一位友人之物，我很想知道它人在哪裡，如今過得好不好？」

「原來您就是厭女口中的那位阿椿啊。」袁香兒想起厭女提過的那個名字。

聽見袁香兒的這句話，婁太夫人一下坐直了身體，死死抓住椅子的把手，口裡輕輕「啊」了一聲。

她的兒媳婦在一旁扶住她，輕輕撫摸著她的後背，「娘親，莫要激動。如今既已有了那位的消息，且聽小娘子如何說。」

於是袁香兒將當初遇到厭女的經過，大致說了一遍。

「原來，它還在原處等我。」婁太夫人頹然地坐回位子，抖著手來回摩挲那枚歷經半百歲月的玲瓏球，過了許久才平息情緒，緩緩說起往事，「第一次見到阿厭的時候，我只是一個十歲的小娃娃……」

當年，年僅十歲的婁椿跟著母親回娘家小住。

外婆家在天狼山的山腳下，家中年紀相近的表哥和表姐，整日帶著新來的表妹進山玩耍。那一日，婁椿在叢林間發現了一隻純白的雪兔，驚喜萬分，一路追逐。

明明記得沒有跑出多遠，一回頭的時候，婁椿卻發現身後的道路突然不見了。

剛剛還可以聽見兄弟姐妹們的歡聲笑語，不知何時消失無蹤，四周徒留一片寂靜，昏暗的林子裡似乎有無數眼睛在窺視著小小的她。

婁椿哆哆嗦嗦、滿臉眼淚地在森林中走了很遠的路，越發看不見一絲一毫人類活動留下的痕跡。天色變得昏暗，遠處依稀傳來一些詭異的聲響，最要命的是，天空還在這時候下起了雪。

那些大人們用來嚇唬孩子，關於妖精鬼怪、猛獸強人的各種恐怖故事，更加鮮明的地在小女孩的腦海中來回浮現。

我是不是會死在這裡，也許馬上就會跑出一隻老虎、黑熊，或是狐狸精、無頭鬼，它們會抓住可憐的我，把我的手指一根根吞進肚子裡，嗚嗚。

十歲的婁椿抱著自己小小的肩膀，一邊哭一邊走，人生第一次對於「死亡」這件事有了真切的認知。

「別再哭了，妳也太吵了。」一個和她年紀差不多的小姑娘，突然從一棵槐樹後出現。

她穿著一身不太長的褐色衣袍，赤著雙腳，雪白的胳膊扶在樹幹上，一臉極其不耐煩地看著妻椿。

終於遇到自己同類的妻椿，找到了感情的宣洩口，她不管不顧地抱住那個小女孩，哭得更大聲了，死活不肯鬆手，險些沒把鼻涕和眼淚全掛到那孩子的衣服上。

「其實過沒多久我就知道，阿厭並不是和我一樣的人類。」回憶到這裡的妻太夫人露出了懷念的笑容，「但我並不怕它，阿厭看起來很凶，動不動就說要把我吃到肚子裡去，實際上它的心比誰都軟。」

「它是那麼的厲害，什麼都難不倒它。我只要拉著它的袖子，露出可憐兮兮的表情，說我餓了，說我好冷，它就會跳著腳，一邊罵罵咧咧，一邊給我找來好吃的食物。它會帶我去避風的山洞休息，還用柔軟的皮毛給我墊了禦寒的床榻。」

「那時候我還為自己擁有這麼點小聰明，而感到洋洋得意。」妻太夫人拋起那枚已經不會響的玲瓏球，讓它在自己的一根手指上滴溜溜地轉圈，「那些日子一直在下雪，厚厚的大雪覆蓋一切，我一步都走不出去。但阿厭卻每天掰開洞口的積雪鑽出去，給我找來新鮮的食物。剩下的時間，我們兩個就窩在暖和的山洞裡一起玩這個玲瓏球。」

「一開始是我教它，但它很快就勝過了我。我們擠在一堆細細軟軟的皮毛堆裡，勾著手，約定好要永遠在一起玩耍。」

歷經歲月的玲瓏球無聲地轉個不停，婁太夫人凝望著它，眼角的皺紋在陽光中漸漸變得深刻，「雖然和阿厭住在一起很快樂，但我很快就開始想家，開始哀求阿厭帶我回去。最初它不答應，後來耐不住我一直磋磨，終於鬆口同意了。」

厭女帶著婁椿來到他們當初相遇的那棵大樹下。

「順著這裡向前走，路上不要回頭，很快就能回到你們人類的世界。」厭女伸出白白嫩嫩的小手指，指著前方的道路。

「謝謝妳，阿厭，這個送給妳。」婁椿將自己從小隨身帶著的玲瓏金球，放進自己朋友的手中，依依不捨地和它告別，轉身向山外走去。

「阿椿，」身後的朋友喊住她，「妳還會回來嗎？」

「嗯，一定，我一定會回來看妳。到時候我們再一起好好地玩玲瓏球啊。」婁椿淚眼婆娑，拚命揮手。

「好，那我就在這裡等妳。」厭女站在樹下淡淡地說。

婁椿走出很遠，回頭看時，那個小小的身影還站在那裡，白白的小手撐著樹幹，就好像他們初見時的模樣。

「那您後來為什麼沒有再去找它？」袁香兒開口詢問，雖然厭女確實凶狠，又很強大。但想到那個小小的身影，幾十年來都孤單地在那附近玩著玲瓏球，卻等不到自己的朋友，不免覺得它有些可憐。

「一開始是家裡出了變故，實在脫不開身。」婁太夫人的目光黯淡下來，「說起來終究是我的錯，我想著它不是人類，壽命綿長，便讓它等一等，想來也不打緊。就這樣過去了一年又一年，待一切穩定下來，我也相對自由之後，才高高興興地去天狼山找它，可是不論我怎麼走，去了多少次，都找不到當初的那條路。」

停在袁香兒肩頭的烏圓，用只有袁香兒聽得見的聲音說道：「普通人類是進不了靈界的。靈界偶爾會出現裂縫，和人間界相接，才會有人類誤闖進來。但這種裂縫不太穩定，過不了多久就會變換方位。厭女那個傻子大概也沒想到這一點吧，對它那樣的大妖來說，出入兩界就和呼吸一樣容易。」

「原來是這樣，陰錯陽差，就蹉跎了幾十年。」袁香兒有些唏噓。

婁太夫人站起身，把拐杖交給身邊的兒媳，端端正正地向袁香兒行了一個福禮。即便袁香兒是從現代社會來的，卻也知道不好受老者的禮，起身避開了，「太夫人這是何意？」

「既然小娘子找得到那個地方，老生有個不請之請，還望小娘子能帶著老生走一趟。」

婁太夫人此話一出，她的兒子和兒媳當即吃了一驚，站起身來，急急說道，「母親不可，如今天寒地凍、大雪封山，母親這般年紀，如何進得了天狼山深處？若是母親執意想念，不如由兒子替您去一趟，好好拜謝恩人就是了。」

「娘親莫要心急，便是要去，也等來年開春，雪化了，天氣和暖，讓媳婦安排好舟車軟轎，緩緩抬著您上山去。」

婁太夫人舉起手，阻住他們的話語，「都說人到七十古來稀。我本已放棄，曾認為這輩子都無法兌現當初的承諾。想不到機緣巧合，竟讓這位小娘子將玲瓏金球送到我的面前，這是上天垂憐，給我一個機會，我絕不能再錯過。」

「母親大人。」婁衙恩還要再勸。

「孩兒，你還記不記得母親當初給你取這個名字的意義？」婁老太太握住了執掌家業多年的長子的手，「為娘這一生，從未虧欠過什麼人，唯獨負了自己最要好的朋友。若是此事不能如願，一生為憾，活著也沒什麼滋味。」

婁衙恩為難了半晌，終於收攏衣袖，站在母親身後，夫妻倆一起向著袁香兒行了一禮。

「讓我帶您去天狼山嗎？」袁香兒心中遲疑。

「不不不，我們不去。」烏圓趴在袁香兒的肩頭，「厭女太恐怖了，我可不想去見它。要是它還在生氣，變出一堆蛾子把我們埋了，該怎麼辦？」

這位老太太信守承諾，將童年時的約定牢記在心中五十餘年，令人敬佩，但袁香兒不知是否該帶她去見那隻喜怒不定、實力恐怖的大蛾子。

「帶她去吧。」南河的聲音突然在門外響起，它正巧在福翠軒夥計的帶領下進入屋中。

它邁步進屋，來到袁香兒的身側，說的話很簡潔，卻立刻平息了袁香兒的疑慮，「不用擔心厭女，有我在。」

從闕丘鎮到這裡的時候，是周德運陪同前來。想不到回去的時候，多了婁家一應人等。

仇岳明特意從床榻上起身，將他們一路送到周宅大門之外。

周家娘子本是一位纖纖弱質，風流婉轉的女子。只因內裡換了個魂魄，明明身軀單薄、纖腰楚楚，但就那樣站在門欄處，挺著瘦弱的脊背，緊擰著雙眉，就無端給人一種殺伐決斷，氣勢不凡之感。

他凝著眉目看著袁香兒，欲言又止。

袁香兒在這個世界生活了十餘年，作為一位安居在國家腹地的普通百姓，對那些駐守邊陲，征戰沙場，為他們提供一份安逸生活的軍人是敬佩而尊敬的。這位年少成名的仇將軍之赫赫威名，即便在闕丘鎮這樣的小鎮上，也能時常聽聞。《仇將軍大破天王陣》、《白袍小將轅門射戟》等等橋段甚至被編寫成戲文，梨園傳唱，婦孺皆知。

袁香兒想到他這樣一個人，險些被囚禁在後院，折磨至死，心中免不了戚戚。

「您不必多慮，只需專心靜養即可，」此處人多，袁香兒謹守承諾，絕口不提他的姓氏名諱，「等過完年，咱們再一道北上，我必為您的事盡力。」

仇岳明低首垂目，行了個軍人間常用的抱拳禮。

告別鼎州，揚帆起航，順著沅水逆流而上。

兩岸青山，江影空闊，碧波雲淡，不由令人心情舒暢。

袁香兒坐在樓船二樓的廂房，陪妻太夫人飲茶。

她輕輕轉著手中的青玉茶盞，憑窗遠眺，有些心不在焉。妻太夫人順著她的視線望去，只見船頭的甲板尖上，一人迎風而立，衣襟飄飄，若流風之迴雪，容顏皎皎，似朗月之凌空，只疑鬼神下紅塵，不擬人間俗物。

「那一位是和阿厭一般的人物吧？」妻太夫人開口問道。

「您是怎麼看出來的？」袁香兒感到有些吃驚，就連天生擁有陰陽眼的她，都未必能憑藉肉眼看破南河的妖身。

「我也不知道該怎麼說，它身上有種氣質，看上去高傲冷漠，實際上單純又柔軟。過於寂寞，又什麼都不願說出口。」婁太夫人依稀回憶起往事，露出了一點笑容，「總是害得妳時常不明白該怎麼哄它開心。」

烏圓正蹲在窗臺上舔著自己的爪子，聽了這話哼了一聲，『心裡想要又不肯說，這不是傻子嗎？自己給自己找罪受。並非所有妖精都是這樣的，本大爺就從來都不這樣。』

『是是是，我們家的烏圓是爽快又可愛的小貓。』袁香兒利用使徒契約，在腦海中同它說話。

烏圓從窗臺上跳下來，滿意地喵了一聲。

「哎呀，好可愛的小貓。」婁太夫人伸出手指，撓著小山貓的下巴，能享受就絕不迴避的貓大爺，立刻瞇著眼、抬起脖頸，舒服得開始哼哼。

「當年我和阿厭在一起的時候，我最拿手的事，就是哄它開心了。」因為快要抵達闕丘鎮，婁太夫人顯得有些興奮，談興很高，「無論它再怎麼生氣，氣得暴跳如雷，我只要挽著它的胳膊，多說一些甜言蜜語哄它，它立刻就能把剛剛發生的不愉快給忘記。真希望這次過去，還能有機會再哄它開心。」

哄它開心呀。

袁香兒下意識把視線投在船頭的那個身影上。

南河獨立船頭，閉著雙目，一手平舉托在身側。如果擁有袁香兒這樣，天生對靈力敏感的眼睛，此刻就能看見天空中落下絲絲縷縷的星光，點點匯聚在它的掌心中。星光滿溢，又一絲一縷地掉落在甲板，如流水般散開，漸漸給整艘高大的樓船鍍上一層淡淡銀輝。

船老大正一臉疑惑地問船員，「老子走了半輩子的船，還是第一次遇著這種情形，明明大風的天氣，逆流而上，船身卻一絲震動都沒有，平穩得像是在地面上一樣。真是怪哉，奇了。」

年輕的船員嬉笑回答，「能平順安穩不是好事嗎？老大你恁得多心。」

船行的一絲變化，無法引起年輕船員的注意，他興致勃勃地看著遠處的甲板上，一位年輕的小娘子正走向船頭，去到她心上人的身邊。

袁香兒來到南河身邊，默默看著它在碧波萬頃間採集星力，凝鍊肉身。

南河狹長的眼瞼睜開，琥珀色的眼眸轉過來，那裡面依稀有星河流轉，似乎藏著萬千心思。

「小南，」袁香兒背靠船邊，河風吹亂了她的鬢髮，「我不會像他們那樣。」

「不會像什麼？」南河有些迷茫。

「不會在你成年之後，就認不出你。不會明明承諾了卻沒有做到，讓你白白等待那麼多年。」她不知道自己為什麼要說這些，但她此刻就是想說，「我絕不會這樣，我不捨得。」

南河看了她半晌，一臉平靜地別過臉去，似乎對她的話毫無反應。

一雙毛茸茸的耳朵尖，突然從烏帽的邊緣擠了出來，透著一股難以掩蓋的粉色，在風中抖了抖。

「別，別收回去，先讓我摸摸。」袁香兒像蒼蠅一樣搓著手。

樓船泛泛排波劈浪，驕陽正好，照得水面波光粼粼。

眼前的人背對著河面，笑面如花，捲曲的睫毛輕顫，像是一雙扇動著的蝴蝶翅膀。南河覺得自己的胸口也有一隻蝴蝶飛過，輕輕地停在枝頭，喚醒一樹春花。

那人黑白分明的眼睛帶著幾分竊喜，幾分躍躍欲試，向著它的耳朵伸出手。

南河突然開始懼怕那隻白生生的手，直覺告訴它必須躲開，但身體卻被死死地釘在地上，動彈不得，只能像以往一樣，眼睜睜地看著那柔軟的手越來越近，一把握住了它敏感的耳朵。

她還在笑，眉眼間全染著歡喜，皓齒輕輕咬住了紅唇。

南河發現自己的內心發生了某種奇妙的變化，它突然明白所謂的成年，不僅是自己的身軀得到重塑，力量變得強大，更代表它會從內心深處，自然而然地產生某種新的感情需求，和神祕且不可言喻的欲求。

它的心跳莫名地開始加速，一下比一下更快，一下比一下更響。

拍打在船頭那喧鬧的水浪聲，似乎全被胸膛中如鼓的心跳聲蓋過，它覺得自己不像是站在船頭的甲板，而是立足在萬丈深淵的邊緣。明明看見蒼駒、厭女，一個個在這裡摔得遍體鱗傷，偏偏還是準備閉著眼睛跳下去。

這就像是一場戰役，還沒開始，它卻已經要輸了。戰鬥是天狼族的本能，而它不允許自己在戰鬥中失敗。

失敗，對它來說就意味著死亡。

但這次，它站在深淵的邊緣，已經無路可退。

那人還在陽光裡微笑，用輕輕柔柔的聲音喊著它：

「小南，小南。」

「我不捨得呀。」

「讓我摸摸。」

細軟的聲調，卻比最為鋒利的牙齒還要厲害；溫柔的手掌，卻比最為堅硬的利爪還要恐怖。

南河開始丟盔棄甲。

作為一隻天狼，它知道自己一生只能選擇一位伴侶，一旦將這顆心交出去，就再也拿不回來了。然而眼前這位只是個人類，人類的生命，只有短短的幾十年，將來那悠悠漫長的歲月，它將會比從前過得更加悽慘孤獨。

它該怎麼辦？

它無可奈何。

那人掌控著它最柔弱的要害，不肯鬆手，使它繳械投降，無從反抗。

她口中說著甜言蜜語，殘忍地得寸進尺，最終撕開了它的胸膛，將那隻手伸進它的血肉之軀，握住了它那顆滾燙的心。

絲毫不顧它的苦苦哀求，一把將它摘下，就那樣抱走了。

南河閉上眼睛，無論是耳朵還是尾巴，都被她摸過了。

還能怎麼樣呢？只能把自己給她了。

船行到了豐州，棄船登車，改走陸路，直上天狼山。

到了天狼山的山腳下，婁太夫人就不肯再讓子女和僕婦跟隨了。

「我這是去看一位老朋友，不用這麼多人，沒得嚇到了它。」

她這樣說著，袁香兒就知道婁夫人看起來衝動又歡喜，其實心中還是有數的。知道妖魔喜怒不定，性情難以捉摸，她執意守約，卻不願家人陪同前去冒險。

她甚至對自己說，「香兒妳帶我上山，給我指一指路就好，剩下的我會自己找。」

袁香兒當然不會讓她獨自摸進天狼山靈界。在婁衜恩千叮萬囑、百般不放心的哀哀目光中，袁香兒領著婁太夫人上了山。

下雪的山路不太好走，帶著一位年邁的老者，這路走起來便更加困難，上次袁香兒從闕丘鎮的方向上山，就獨自走了大半日的路程。這一次還不知道要走上多久。

但婁太夫人是令人敬佩的，她拄著拐杖，一步步走在溼滑的雪地上，既沒有喊累，也沒有說苦，只是一言不發地盡量跟上袁香兒和南河的腳步。

再往裡邊走，就連一點小道都沒了。袁香兒伸手挽住她的胳膊，走在陡峭的山坡上，生怕她一個不小心從山坡上滾落下去。

「沒事，我能走，我今天太高興了，想到能見到阿厭，再遠我都能走。」老太太氣喘吁吁，卻顯得異常亢奮，但她確實已經不適合攀岩登高了，袁香兒覺得自己似乎該背著她走一段。

「我背妳。」這個時候，南河在婁太夫人的面前蹲下身。

「不用，不用。」婁太夫人連忙擺手。

南河只是蹲著不動，回眸看著她，那雙琥珀色的眼眸看起來冷淡、清澈，有一點不同於人類的妖魅，但它的動作卻和暖。

婁太夫人愣了愣，突然想起從前的時光。

——「怎麼那麼沒用，路都走不好，上來吧，我背妳。」厭女在她的身前蹲下身，回過眼眸看她。

婁太夫人最終接受了南河的幫助，伏在它的背上。

「真是謝謝你啊，小夥子。其實，我這雙腿真的快不行了，終究還是老了啊。」

南河不說話，只是站起身，邁開修長的雙腿，幾下就登上了險峻的山嶺，回首看向袁香兒。

袁香兒在山腳下抬頭看著它。

這個男人或許就是適合站在這樣的青松雪嶺之間。

它有著漂亮而精緻的面容，長睫低垂，眼角拉出一道迷人的弧線，琉璃般的眼眸在冬日的陽光下輕輕轉動，讓它在不說話的時候，看起來有些冰冷，不好接近的感覺。

但袁香兒知道，它沒有看上去的那樣冷淡從容。

它是一位溫柔而孤獨的生靈，明明試探地想要靠近，卻又時時準備逃跑。

想要哄它高興，似乎沒有妻太夫人說得那麼容易。

這幾天在船上，她竭盡所能，掏心掏肺地說了不少話，但不知為什麼，南河的情緒好像更低落了，甚至透出了一點悲傷的感覺。

可是南河長得太漂亮了，無論它露出什麼樣的表情，都能引人遐想。

歡喜時讓人跟著心情變好，悲傷時令人心裡隱隱升起憐憫。

就像這個時候，它站在雪嶺杉下，冰肌玉骨，瑩瑩生輝。那雙唇輕輕抿著，帶著一種淡淡的粉色。

那裡的味道可能特別甜美。

袁香兒被自己的想法嚇了一跳，她開始懷疑是因為南河這些天一直保持人形，陪伴在自己的身邊，才產生了一些莫名的情緒。

袁香兒甩甩頭，把自己亂七八糟的情緒甩掉。

都怪南河長得太漂亮了，這種事可不能只看臉啊，畢竟它和自己有著跨越種族的天塹。它是妖族，我是人族，是完全不同類別的生物。

可師傅不也是妖族嗎？

袁香兒迷茫地向上攀爬，心裡想著事，腳下一滑，險些摔了一跤。

「嚇我一跳。」烏圓急忙扒拉住她的肩頭，「阿香，妳光顧著看南河，路都走不好啦。」

「別瞎說。」袁香兒一把捂住了烏圓的小嘴，有些心虛地抬頭看向站在崖頂上的南河。

南河也在看她。它因為烏圓的話，臉上帶出了一點笑意，讓袁香兒也跟著笑了起來。

「是那裡，就是那裡了，這個地方，我永遠都不會忘記。」婁太夫人指著前方不遠處、一棵枝幹虬結的槐樹。

她從南河的背上下來，整了整衣服，扶了扶鬢髮，「怎麼樣，我看起來還可以吧？」她抑制不住激動的情緒，面上帶著一些興奮的潮紅。

「可以的，您看起來很有精神。」

袁香兒看著那棵黑漆漆、不知道生長了多少年的老槐樹，心中遲疑，不知是否立刻過去。

一個面色蒼白的小女孩出現在黑色的槐樹之後。

「你們竟然還敢到這裡來。」它毫無表情的面孔像帶著一張蒼白的面具，向袁香兒伸出白皙的手臂，「我的金球呢，是不是被妳偷走了？」

一隻巨大的飛蛾影子出現在它的身後，無數灰褐色的飛蛾從森林間驟然驚起，密密麻麻盤桓在半空中。

「金球在這裡，它有些壞了，」白髮蒼蒼的老太太從袁香兒的身邊走出來，小心翼翼地遞上手中的金球，「我在來的路上把它修好了。」

那個剛剛修復完成，被製作得金光閃閃的玲瓏金球，在冬日的陽光下閃著金輝。

厭女看著那個球，才突然注意到這個不知何時出現的人類。它眨了眨眼，面具一般的面孔似乎出現了裂痕，漆黑無光的眼眸向外放大。

白髮蒼蒼的老者，手握金燦燦的金球，向槐樹下的女童走了過去。

厭女一動不動地歪著腦袋，看了半天，連空中嗡嗡飛舞的蛾子都停下了動作，安靜地停在半空中。

「阿……椿？」厭女的語氣陰森無波，它冷冰冰地開口，「是妳？妳已經這麼老了啊。」

「雖然有些老了，但還玩得動玲瓏球。」婁太夫人拄著拐杖，帶著溫柔的笑容，把金色的玲瓏球提在指間轉動。

她一步步地向前，終於走過了五十年的歲月，來到朋友的身邊，「阿厭，我回來了，來陪妳一起玩。」

金球輕輕響了一聲，清越的鈴聲瀰漫在雪嶺樹梢，填平了五十年的痴痴等待。

婁椿的一生其實過得很艱難，這個世界對女性過於苛刻，她幾乎是用一種拚命的態度，才衝過一道又一道的坎，耗盡心血，方才保住家族、自己、和她所愛的孩子們，得到了想要的結果，卻換來一副凝而不散的鐵石心腸。

深深的皺紋，緊鎖的眉心，固定成刻板嚴肅的相貌。就連家裡的孩子們在看見她時，總是戰戰兢兢、小心翼翼，大氣都不敢喘一聲。

然而到了這裡，在陽光下的雪地裡，她彎著腰，拿著那個金色的玲瓏球，面對著身前小小的女孩，披了一輩子的硬甲才終於化了，露出溫和的笑容。

她眉心舒展，整張臉的線條柔和了起來，就連眼角的皺紋都顯得溫暖，好像回到了沒有一絲憂慮的童年。

槐樹後巨大的陰影，和漫天的飛蛾都被她忽略了，她是澈底放鬆而舒展的，毫無戒備，眼中只有那個蒼白且詭異的女孩，遍布皺紋的手指拿著跨越了時光的金球，和當年一樣，耐心地哄著她的知交好友。

「來玩吧，阿厭，我學了許多新招式呢。」

「這一次不會再輸給妳了。」

厭女在她絮絮叨叨說話的時候沒有看她，只是盯著那枚金球，它的表情一片空白，令人很難看清那張面容下蘊藏的，是不是狂風驟雨。

袁香兒小心翼翼地靠近，和他們保持著很近的距離，她時刻戒備著，緊緊注視著厭女的反應。

她根本沒有料到，婁太夫人竟然毫無準備就直接走上前去，一點戒備都沒有，還離得那麼近，令她和南河都有些措手不及。

厭女明明是強大而危險的存在，袁香兒不能確定這個冷冰冰的妖魔體內，是否還藏著當年的那分柔軟。

她隨時準備發動雙魚陣，生怕厭女一個不高興，一巴掌就把婁太夫人拍死了。

然後，她看見厭女毫無表情的面容上的小嘴微微張了張，「既然特意來了，就勉強陪妳玩一次。」

她的話顯得生硬又彆扭，過於直接的裝模作樣，像是極不擅長社交之人說出的言語，幼稚到令人發笑的程度。

但袁香兒是真的笑了，打從心底覺得高興。

他們兩個，一個沒有忘記多年的承諾，而另一個的心一如當初。

這真是最好的結局。

袁香兒突然慶幸自己在一念之間，拾起了那枚金球。

這一刻，她理解到妻椿對厭女的那份信任和毫不畏懼，那是出於對彼此的熟悉和了解而產生的情感，並不會因為時間和外人的看法而有所改變。

就好比她對小南和烏圓它們，即便過去五十年，一百年，她一樣能夠毫無芥蒂地走上前去。

白髮蒼蒼的老者像孩子一樣，有些笨拙地踢著金色的玲瓏球，褐色短袍的女童如同舞動的飛蛾，繞著她來回飛舞。

「香兒、南河，來陪老身一起玩吧？」

「行，我們也來湊個熱鬧！」袁香兒捲起袖子跑上前，「小南，你愣著幹什麼，快來啊！」

「南哥，你是不是不會啊？這個很簡單，快來，我教你。」烏圓興致勃勃地下場，一下就忘了自己說過厭女很可怕，絕不再和她一起玩的話。

厭女看著南河，想起自己上一次輸給這個「未成年」的傢伙，小小的眉毛皺在一起，「小狼崽，上次沒分出勝負，這次用玲瓏球讓你知道輸的滋味。」

本來不屑和這些人玩在一起的南河，終於挽起袖子，「雖然不想欺負你們，可惜我們天狼族從小就沒有學過『認輸』這個詞。」

千樹雪，萬仞山，寂靜了多年的空山雪嶺，一朝被歡樂鋪滿。

直到日頭偏西，一行人才停下遊戲休息，婁椿氣喘吁吁地坐在樹根上。

「老了，比不上你們年輕人了。」

厭女站在她身邊，瞥了她一眼。

「阿厭，」婁椿抬頭，拉住了厭女小小的手，「讓妳久等了吧？對不起啊。」

厭女轉過臉去，看著那棵槐樹沒有說話。

「我們該回去了，婁掌櫃大概等急了。」袁香兒不得不打斷他們。

歡樂的氣氛在一瞬間凝滯了，袁香兒終於從厭女那張沒有什麼表情的面孔上，讀出了低落和寂寞的情緒。

「我送妳。」它說。

它愣愣地站了一會兒，眨了眨眼，慢慢把那枚金色的小球收進懷中。

婁銜恩背著手，站在天狼山的山腳下來回打轉。

「這日頭都要落山了，母親怎麼還沒出來？不行，即便被母親責罵，我也得上山看看。」

領著他們前來的嚮導連連搖頭，「東家，去不得，咱們這裡的風俗，這天一黑，便不能再往裡走了。」

婁銜恩急道：「那怎麼行？我母親還在山裡。這樣吧，我給你加錢，你必須領著我們進去找找。」

嚮導蹲在路邊抽著旱煙，不肯挪動半下，「東家，不是我不想掙你的錢，可這錢再多，也得有命花，是不是？咱們本地人都知道，這大山深處是鬼神的地頭，到了日落逢魔時刻，人神之間界限模糊，咱們凡人不得輕易走動。」

這裡正爭執不休，就見幾個人從遠處的羊腸小徑上緩緩走下，斜陽的餘暉披在他們身上，其中一人鬢髮如雪，拄著拐杖，手邊牽著一個小小的女孩，一步步地往下走。

婁銜恩見著自己的母親平安歸來，大喜過望，上前迎接。

母親在雪山裡走了一天，不僅平安無事，就連精神都還十分旺盛，讓他高懸一整天的心終於落下。

只是母親牽著的這個小姑娘，讓他心裡有些發毛。

十歲左右的年紀，烏溜溜的眼睛，白白的小臉，赤著雙腳踩在雪地上，一手拉著母親的手，面無表情地看著他。

作為極少數知道母親祕密的人之一，婁銜恩明白這位大概就是母親掛念了一輩子的恩人。五六十年過去了，它還是母親口中那副孩童的模樣。

雖然知道它是恩人，卻依舊免不了敬畏這樣非人類的存在。

掛在家中大廳上的那幅天狼山戲球圖，畫得便是這位的相貌。而母親親手書寫的對聯，「乾坤百精物，天地一玲瓏。匠心獨刻骨，鬢皤莫忘恩」，以及自己的名字「銜恩」，都是在提醒著，莫要忘了這位曾經救助母親的恩情。

婁銜恩想起母親從小的耳提面命，強忍住心中的恐懼，哆哆嗦嗦地行了個禮

「母……母親，這位就是恩人了嗎？」他結結巴巴地拜謝，「見過恩……恩人。」

婁椿對厭女介紹，「阿厭，這是我的長子。」

她又指著從後面跟上來的兒媳，「那是大兒媳婦。家中還有幾個孩子，這次沒有來，有機會也該讓妳見見。」

厭女用黑漆漆的眼珠看著眼前的人。那些在對它行禮的都是阿椿的家人，熱熱鬧鬧，子孫滿堂，人間煙火，和自己隔著遙遠的距離。

「娘、阿娘，不早了，咱們是不是該回去了？」兒媳婦的膽子倒比兒子還大，小心翼翼地從長子的身後探出腦袋，試探著說。

「你們先回去吧，我打算住在阿厭這裡。」婁椿突然宣布。

厭女瞬間把小小的臉轉過來，抬頭看著身邊的婁椿。它眨了眨眼，小臉上頓時有

了光。

「從前說過，要好好陪妳玩耍，也沒能做到。」婁椿低頭看著容貌比自己的孫女還要小的女孩，「如今孩子能獨當一面，家中的事也了了，我左右也剩不了多少年，就用來陪著妳吧。」

「母親，這如何使得，萬萬不可！這荒山雪嶺，條件艱苦，如何住得？」婁銜恩慌忙地跪在母親的膝下，「若是母親留在此地，兒子怎生承歡膝下，還怎麼時時向母親討教？」

「起來，像什麼樣子。」婁椿在兒子面前十分有威嚴，「我這輩子，都是為了婁家辛苦，該吃的苦也都吃盡了，剩下這麼點時光，就讓我活成自己想活的樣子吧。」

「這個地方，我十歲的時候就住過，如今住下自然不用你們操心。左右我只住在山腳附近，你若掛念，偶爾前來探視便罷。」

玲瓏金球一事，以一種意想不到的結局落下了帷幕。

袁香兒回到了闕丘鎮的家中，吃了師娘煮的辣子麵，舒舒服服地洗了個熱水澡，正待在久別重逢的師娘房中。

她枕著雲娘的膝蓋，一邊伸手拿小几上新做的棗泥酥，一邊和雲娘說起一路上的種種見聞。

「妳走這麼一趟，倒還遇上不少有趣的事。看來確實該多讓妳出去走走。」雲娘坐在羅漢床上，拿著一條大毛巾擦她溼漉漉的頭髮，「那位婁太夫人，真是一位令人敬佩的人。」

「是啊，和我想得可不一樣。誰能想到她不要金玉滿堂的家，卻願意在天狼山上住下來。」袁香兒想到婁衙恩夫婦最後也拗不過母親，在他們告辭的時候，夫婦倆還匆匆忙忙地就近採購傢俱被褥，說要送去山上。

「老去光陰速可驚，鬢華雖改心無改。身為女子，能做到像她這樣透澈而勇敢，真是難得，倒也不枉費那位和她相交一場。」

袁香兒吃著棗糕，嘴裡含含糊糊地呢喃了一句，「總覺得還是有些可惜。」

從這裡的窗戶看出去，正好可以看見院子中的那棵榕樹。

烏圓口中叼著一個小袋子，那是從鼎州帶回來的小魚乾，「啪嗒」一聲丟在錦羽的吊腳小木屋前。

屋門打開後，它伸出一雙小手將那袋小禮物收進去。過了一會兒，小手重新伸出門來，捧出一疊棗泥酥。

雖然雲娘看不見錦羽，但她聽袁香兒說過它的存在，每次做了新鮮的吃食，都會在小木屋前放上一份。

烏圓嗤笑一聲，「誰稀罕這個啊。」終究還是叼走了兩塊，竄到樹杈上去吃了。

「並不算可惜，」雲娘擦乾袁香兒的頭髮，拿一柄牛角梳慢慢幫她梳通長髮，「人世間的快樂，多從『可惜』二字而來。正因為有了想要珍惜的事物，時光的流轉才有了意義。」

即便是不同的種族，也不要緊嗎？

袁香兒看著窗外有隻小小的銀狼，正蹲坐在石桌上抬頭望月。

細細碎碎的月華星光從空中灑下，點點在它身軀流轉。

原來師傅每天在樹下修習，師娘便是在這個位置看著他。

袁香兒曾經覺得這個時代的人迂腐而守舊，不如自己開闊豁達。如今想想卻猛然發現，他們比自己還要隨性浪漫得多。

第五章　守約

袁香兒躲在天狼山的一處高地，收回尋蹤式神，悄悄探望，山谷的谷底有一隻五彩斑斕的妖獸，正駐立在那裡閉目養神。

沒兩天就過年了，南河卻越發頻繁地進入山中狩獵，每次都拖著一身的傷回家。袁香兒不太放心，悄悄帶著烏圓跟過來，看能不能幫上一點忙。

她總覺得，小南這麼急切地收集妖丹，是為了能在年後跟著自己去漠北，而拚命地儲備糧食。

「看，那是我南哥。」立在袁香兒肩頭的烏圓喊了一句。

「噓，小聲點，別被它發現了。」

袁香兒發現烏圓雖然看起來單純，實際上社交技能點滿，不但自發性地喊起「南哥」，還記得幫錦羽帶伴手禮回來，連雲娘都分外偏心它，果然嘴甜的孩子有糖吃。

他們所處的地勢很高，從這裡望下去，壁立千峰，山巒巍峨，霜雪簇簇，大地是斑駁的黑白兩色。

一匹銀白色的天狼出現在岩壁上。

精悍，凌厲，行動如風，緊實的身軀內蘊含著強大的爆發力，帶著一種令人嘆服的美感。它在岩石上飛奔，向自己的獵物俯衝而去，銀白的毛髮輕揚，在身後灑下一路星光。

袁香兒屏住呼吸，心跳跟著加快。

南河從山坡俯衝，縱身一躍，身化一抹銀輝，撲倒那隻五色牛妖。

牛妖猛然睜開眼睛，昂頭鳴叫，雙目中射出兩束光芒，長長的光束衝破雲霄。

山谷的天色驟然暗下來，黑壓壓的雷雲在山谷的上空匯聚翻滾，令人心驚膽戰的粗大霹靂從雲間劈下，接二連三地全劈在南河的身上。

南河的周身電流交織，卻絲毫沒有畏縮之意，它齜著鋒利的牙齒，眼露凶光，在鮮血和雷電中死死咬住牛妖的脖頸，不肯鬆口。

天空的雷雲在它低沉的吼聲中，破開一個圓形的缺口，遙現漆黑的蒼穹和天外星辰，星光如隕石暴雨從天而降，落入山谷，和那些霸道的雷電交織纏鬥在一起。

山谷內湧起滾滾濃煙，濃煙中電光閃閃，星力灼灼，五彩的健壯神牛，銀白的凶悍天狼，兩個身影在閃電和星雨間翻滾纏鬥。

一個是怒目雷神，一個是奪命星宿，一時間雷獸鬥木奎，牛妖戰天狼，攪弄得地動山搖，驚起林間飛禽走獸四處奔逃。

烏圓縮起身體，露出一點點腦袋，「阿香，這是雷獸，我們妖族都怕雷電。」

袁香兒看著在滾滾濃煙中，偶爾出現一角的銀色身影，它滿身交織著電光，絲毫不懼。袁香兒的眼角湧上一陣溼意，心中熱血蒸騰。

她不是沒有和妖魔戰鬥過，被護在安全的雙魚陣中，布陣畫符，念咒掐訣，有種掌控著神祕力量，遊戲紅塵間的娛樂感。

可眼前的戰鬥是拚命，是真正的血戰，或許一次的失敗，就會丟掉性命。

南河奪取妖丹並不容易，很多時候征戰多時，最終還是會讓強大的獵物掙扎逃脫。從鼎州回來之後，它頻頻入山，幾乎每次都在夜幕中傷痕累累地回家，問它的話，它可能只會說小傷，沒事，舔舔就好。

袁香兒心中有所觸動，一直以來蒙在心上，那薄薄的一層紙突然破了，這個世界的一切，都變得更加清晰而真實，讓她收起自己一直以來，在術法修習上輕忽散漫的心。她起身咬破指尖，莊而重之，凌空書符，她在那瞬間似乎進入了一種玄妙的狀態。

這種感覺，她曾在阿膳第一次進入家中時體會過一次，那時巨大的蛇妖出現在庭院，她在生死關頭屏棄雜念，繪製四柱天羅陣，同樣進入到這種物我兩忘的狀態。

天地間的靈力源源不絕地匯入體內，又沿著周身靈脈，從指間流入符文，最終歸於天地，生生不息，迴圈不止。袁香兒一舉書成四張符咒，四張靈氣書寫的靈符爍爍生輝，懸凝空中，實而不散。

袁香兒駢指遙點，靈光灼灼的符文旋轉著降入谷底，占據四柱方位，驟然放大，交織流轉的靈力凝成圓形的避雷陣盤，恰恰擋在戰鬥中的兩隻妖魔上方。

一道手臂粗細的雷電從空中劈下，被陣盤擋住，化為細小的電流四散遊走。

密集的落雷交織著恐怖的電網，不斷從空中落下。

四張符籙同時亮起，避雷陣的幻影在空中晃了晃。

袁香兒臨時繪製的避雷法陣，只擋住了短時間的雷擊，就在空中潰散。

就這樣一小會兒的時機，漫天星光驟然璀璨，沉沉狼嘯從谷底響起。

滾滾的濃煙還在瀰漫，山谷間驚天動地的響動聲卻逐漸停歇，終究歸於平靜。

袁香兒還在伸著脖子看谷底的情況，那道銀色的身影便突然破開煙塵出現，幾個起落來到她身邊，用腦袋蹭了蹭她的手心。

「你們怎麼來了？」剛結束戰鬥，還帶著點沙啞的聲音響起。

「當然是擔心你啦，南哥。」烏圓的腦袋從躲避處鑽出來，「瞧你這話問的，其實是看見了我和阿香，心裡開心壞了吧？」

「怎麼樣？傷得重不重？」袁香兒小心地摸著南河的腦袋，那裡有一道被電擊而燒傷的疤痕。

「一點小傷，舔舔就好了。」隨後伏低了自己巨大的身體，「上來吧，我們回去，這裡不安全。」

夜半時分，袁香兒從睡夢中醒來。

窗外涼蟾高臥，一室月華如洗。

她揉了揉眼睛，發現一直睡在床頭矮櫃上的小小天狼不見了，只留著一個空空的軟墊。

袁香兒披上衣物，走出屋外，站在冰涼的檐廊上，向著庭院望去。

天空之中，細細碎碎的月華和星輝像是滿天浮游的螢火，匯聚成娟娟細流在空中流動，絲絲縷縷地流鑽進院內的柴房中。

它怕吵到我，所以又躲到這裡來了。

袁香兒躡手躡腳地靠近，房門虛掩，化為人形的南河盤膝坐在柴草堆上。

瑩白的長髮旖旎而下，披散在地面，那人緊鎖著眉頭，額間微微出汗。但顯然比上一次趴在地上動彈不得，只能咬著手臂忍耐要好上許多。袁香兒鬆了口氣，摸回屋子找了個軟墊，穿上厚實的衣物，悄悄坐在柴房的門外等待。

直到斗轉星移，天邊微微泛白，天空中的異像才漸漸消失。

「我……本來是怕吵到妳休息。」帶著點喘息的低沉嗓音從屋內傳來。

「已經好了嗎？」袁香兒轉過身，伸手推開門，笑盈盈地探頭入內，「不要緊的，下次可以叫醒我，我為你畫一個聚靈陣，守在你身邊，會更安全一些。」

南河坐在草堆上，因為抬頭看她而微微昂著脖子，它的臉上還掛著汗水，幾縷細細的捲髮黏在白皙的脖頸上，肌膚因為剛接受過星力而瑩瑩生輝，雙唇瀲灩，眼眸中盛著一點柔軟的笑意。

袁香兒覺得喉嚨有點發乾，還聽見了自己咽口水的聲音。

她鬼使神差地在南河面前蹲下身，向它伸出雙手，「抱你進屋好嗎？」

這句話說出口後，袁香兒眨了眨眼，才發覺似乎有些歧義。

好像和上次不太一樣，小狼還沒有變成毛團子，此刻是一個比自己還要高的俊美男子。

南河用溼潤的眼睛看了她一眼，似乎帶著點埋怨，隨後認命地將自己的頭靠上了袁香兒的手掌。

「啊，我不是這個意思。」袁香兒覺得自己的腦袋有些僵住了，思維已經無法順利運轉，那個漂亮的男人還用它的臉，在自己的掌心蹭了蹭。

一時間空氣似乎變得像是油脂一般黏糊糊的，連呼吸都變得有些困難。

「我是說，如果你累了，可以變小一點，我帶你回去休息。」她胡亂補了一句。

南河抬起身，修長的手臂撐在袁香兒的身側，兩人的距離靠得有些近。

它側過頭，低垂眉眼，漂亮的眼眸輕輕晃動，鼻翼沿著袁香兒的脖頸親嗅，溫熱的氣息一路落在那裡的肌膚上。像是有什麼東西從皮膚上爬了過去，癢得直往心尖裡鑽，還在她的心頭狠狠撩了一把。

用這張臉靠得這麼近，還做這種動作，實在是太犯規了！袁香兒在心裡喊道，你現在可不是小狼，又長成這副傾國傾城的模樣，再這樣下去，我可能要犯錯了。

要命的是那薄薄的雙唇微分，在這種時候還輕輕說了一句話：「我……也做妳的使徒好不好？」

「什麼？」袁香兒正在暈頭轉向，根本沒聽清楚，「南河，你剛剛說什麼？」

南河已經抿住嘴，退了回去，把二人間的距離拉開了。

「不是，小南，你剛剛說什麼？」袁香兒抓住它的手，心頭發熱，「你、你是說？我沒有聽錯吧？」

南河側過臉，垂下眼睫，過了許久才輕輕說道，「如果妳還想要我的話。」

袁香兒覺得自己的心跳過快，幾乎要從胸口跳出來。

心底好像莫名多了個潘朵拉的盒子，正有一雙手準備悄悄地將它打開，看看裡面藏了些什麼了不得的想法。

只是結契而已，也不是第一次了，妳到底在想些什麼！

她努力集中注意力，此刻應該向南河表達自己的欣喜和高興，給它許諾結契之後，會對它一樣尊重和喜愛。

袁香兒聽見自己口中正說著話，可腦海中總有個天馬行空的想法在胡亂跑動。

其實也不是不可以，雖然我們年紀對不上？

首先還是種族的差異吧，不對，首先是南河的心意。人家只是想和妳結個使徒契約，說不定會被妳這種奇怪的心思嚇到。

到底在想什麼，快把這可怕的想法趕走吧。

她看起來心不在焉，果然已經不想要我了。南河難過地低下頭，覺得這輩子從沒如此沮喪過。

天狼山的某個角落。

一座由各種礦石凝聚成的古怪小屋，外表古怪而堅實，裡面卻擺滿了各式各樣屬於人族的家俱用品。

厭女盤著白生生的小腿，坐在一張小木桌前，不耐煩地敲著桌面，「吃完東西就趕緊滾，以後不許再來我這裡，你們會嚇到她。」

桌子的一邊坐著老耆，另一邊坐著九頭蛇。

老耆頭顱巨大，身材瘦小；九頭蛇擁有人類的身軀，卻從衣領處伸出九條細細的脖頸，其上各頂著一個腦袋。

二人不搭理厭女的話，就著桌上的各式點心大吃特吃。

婁椿將一盤剛蒸好的肉包子端來，擺在桌上，笑咪咪地說，「不打緊，我這幾天見多了，也漸漸習慣了。客人們慢慢吃吧，孩子們送了很多上來，左右也吃不完。」

九頭蛇轉過三個腦袋，目送著婁椿離開，四個腦袋忙吃包子，抬起另外兩個腦袋，疑惑地看著厭女。

老耆咽下口中的食物，「阿厭，妳最近怎麼養起人類了？這個人類很好吃嗎？」

「那是我的朋友，你敢碰她半下，我就把你封在繭裡抽乾，讓你比現在還老上十倍。」

老耆連連擺手，「我對人類沒興趣，他們味道不好，一點靈力都沒有。我們是來和妳商量該怎麼對付那隻天狼的。」

「那隻小狼最近太倡狂了，接連奪走了虎蛟和雷獸的內丹。」九頭蛇其中一個腦袋開口說話，「這樣下去可不行，這裡很快就沒有人會是它的對手，我們應該趁早連手，把它找出來幹掉。」

厭女撇了撇嘴，「我對那隻狼已經失去興趣了，它的事你們別來找我。」

「為什麼？」九頭蛇一拍桌子，九個腦袋同時抬起來轉向它，「當初是妳說天狼的內丹滋味最好，引誘得我牽腸掛肚這麼久，而妳現在居然想反悔？」

「是我說的又怎麼樣？」厭女的一隻小腳踩上桌子，「不過一個內丹罷了，我感覺殺了你有可能會直接得到九個內丹。」

九頭蛇一下萎靡了，縮回脖子，「不不不，都是誤會，我只是腦袋多，其實也只有一個內丹。」

離開那間狹窄的屋子後，九頭蛇和老耆恢復了巨大的妖身，「厭女就和它的名字一樣，是個討人厭的傢伙。」九頭蛇長長的尾巴遊走在雪地間，「不過那個人類做的食物真是好吃，我也想養一隻人類了。聽說𩶉臟的家裡也有人類，每天都給它煮好吃的。」

「別傻了，人類可不好養，嬌氣得要命。」老耆把雙手籠在袖子裡，搖搖晃晃地向前走，「冷一點會死去，熱一點也會死，你衝他們大聲說話，都能把他們嚇死。一兩年忘記餵食，回家就會看見一具乾屍。即便小心翼翼地養著，一點都不出錯，他們還是連一百年都活不到。」

「哦，這樣啊，那還是算了吧。」九條蛇遺憾地撇撇嘴。

袁香兒收起手中的朱砂和筆，看著新繪製好的法陣和坐在法陣中的男人，心中莫名覺得緊張。

她一手拾起南河的一縷銀色長髮，一手拿著一柄小剪刀。

那些髮絲捏在手中，像是最柔美的綢緞，滑順異常，讓她有些心猿意馬，她的心底隱隱升起一種罪惡的想法，叫囂著將它們剪下來，放在法陣中，這個男人從此就屬於自己了。它再也無法逃跑與反抗，從今以後只能對自己言聽計從，任憑擺布。

「真的可以拿走嗎？」袁香兒說。

南河只是看著她不說話，眼中瑩瑩有光，讓袁香兒覺得自己剪去這麼一縷髮絲，像是犯了什麼極大的罪過。

從前，她覺得結下契約就和當年養一隻寵物差不多。於是她養了一隻小貓，又養了一隻小雞，這會兒還準備養一個……男人。

袁香兒被自己的想法嚇了一跳。

在去了一趟鼎州，接觸到那些江湖中的修真人士後，她意識到使徒契約並非像自己想像中那般美好，可說是極為不平等的主僕契約，一旦簽訂，作為主人幾乎可以肆意地欺辱和擺布他們的使徒。

即便如此，單純的烏圓、錦羽，和一直以來高傲冷淡的南河，都心甘情願地答應了自己這般無禮的要求。

袁香兒突然覺得感動，她一直以為自己是個好主人，她有全心全意地照顧和疼愛她的使徒們。可是如今，手裡撚著南河的長髮，她才知道在自己一點點小恩小惠的背後，這些單純的朋友回報給自己的，是它們的自由和尊嚴，是重如山嶽的信任。

「怎麼了？」南河看見袁香兒眼中的遲疑，慢慢站起身來，「如果妳不要我……」它的腦袋上鼓出兩個小小的包，一雙毛耳朵跑出來，軟軟地垂著，轉身想往外走。

「等等，小南你別走。」袁香兒回過神來，敏捷地拉住它的手臂，看著委屈的南河，有些哭笑不得，「你聽我說，小南，不是你想的那樣。」

如果說烏圓是一個在疼愛中長大的孩子，開朗活潑，率性而真誠，很容易討人喜歡，那南河就是一個敏感而內斂的男人，它不擅長表露情感，還很容易否定自我，甚至把所有的尖刺包裹起來，向內朝著自己，哪怕心已經被刺穿了，也不願被人看出一絲端倪。

如果不是那對控制不住的耳朵每每出賣了它，袁香兒可能無法輕易地從那副冷漠淡然的面孔上，分辨出它內心豐富敏感的情緒。

以小南的性格來看，能主動說出結契的話，不知道經歷了多少掙扎，可不能在這個時候讓它傷心。

「我只是想改一下這個法陣，南河。」袁香兒解釋道，「去掉裡面關於束縛和懲戒的內容，只留下彼此心靈溝通，相互感知對方安危的作用，讓它成為人類和妖魔之間平等交往的法陣。」

「為……為何要這般？」

「從前我是不太了解，如今知道了，怎麼好讓你們因為我，結這麼不合理的契約。」袁香兒左右看看，確定烏圓和錦羽不在，開始厚著臉皮哄南河，「我最喜歡小南了，怎麼可能不願意和你結契？等我把法陣改良好了，我們馬上就結契，好不好？」

如果是陌生人，結什麼樣的契約都無所謂。但對於一心對自己好的人，袁香兒只想加倍地對他們好。

南河沒有說話，只是把臉別到一邊，那俊美的側臉上，眼睫低垂，嘴角也出現了一點向上的幅度，它明明笑得那麼淺，可袁香兒卻跟著滿心歡喜了起來。

雲娘提著一筐衣服出來的時候，看見袁香兒正獨自坐在院子的石桌前，咬著筆頭對著一堆稿紙寫寫畫畫。

「香兒，妳要不要去看看小南，它好像有些不太對勁。」雲娘把衣服都抖開，往繩子上掛，「剛剛我出來的時候，看它蹲在走廊上，整個耳朵都紅透了。本來想摸摸它，看是不是發燒了，它卻跑得飛快。」

「哦，它啊……它沒事。」袁香兒笑了。

小南這樣高興啊，等法陣改好了，再把烏圓和錦羽的契約都改了。

對，早就該這麼做了。她興奮地想著。

只是這好像有點困難，要是師傅還在家就好了，能向他請教一下。

師傅和竊脂、犀渠的感情那麼好，說不定也和我有一樣的想法。

爆竹聲聲除舊歲，家家戶戶守歲開筵。

除夕之夜，下起了細細的小雪，雲娘和袁香兒一起收拾了一桌的年夜飯，擺在檐廊下。她們鋪了毯子，架起火盆，燙了一壺小酒，兩人一邊守歲，一邊賞著院中的雪景。

袁香兒在雲娘面前，按照當地的禮節，恭恭敬敬地行了個伏禮，感謝師娘這一年來的照顧。

「來來來，這是給香兒的壓歲錢。」雲娘將一個紅包遞給袁香兒。

「謝謝師娘。」袁香兒笑嘻嘻地接過。

「這是南河的。」雲娘又取出了一個，放在南河的小爪子前，「小南是第一個來我們家的，自從小南來了以後，家裡就越來越熱鬧了。」

南河猶豫了一下，伸出腳，將那個紅包踩住了。

烏圓一下竄上檐廊，出溜到雲娘面前打轉，「喵喵，喵喵喵？」

「當然少不了我們烏圓的。」雲娘笑盈盈地遞出一個紅色的小荷包，讓烏圓叼走了。

然後她站起身，提著棉袍的小襬，走到了錦羽的小木屋前，將最後一個紅色荷包放了木屋的門前。

事實上錦羽從她走下檐廊的臺階之時，就一路小跑著跟在她的腳邊。

「新年快樂啊，錦羽。」雲娘對著木屋上的名字說道。

看不見的錦羽衝著她發出一串咕咕咕的聲音。

雖然彼此不能交流，但並不妨礙他們的相互喜歡和快樂。

雲娘分完紅包，提前進屋休息。

「差不多就行了，不能喝太多。」她在臨走之前還交代袁香兒，「要是妳師傅在，想必不會讓妳這個年紀就喝酒。」

「只要師娘同意了，師傅沒有不答應的事。」袁香兒笑嘻嘻地說。

院子內，烏圓已經迫不及待地和錦羽分享自己的紅包了，它打開紅包袋，裡面是一副象牙做成的羊拐，每一面都刻有別致可愛的圖案。

「你的是什麼？」烏圓探頭看錦羽的紅包袋，裡面是一模一樣的象牙羊拐。

「太好了，來玩吧？你會不會玩這個？」烏圓一下化為少年的模樣，伸手抓起四個羊拐拋在空中，反手一把接住了。

錦羽同樣伸出小手，抓住了它的玩具，發出了咕咕咕的聲音。論玩起人間的遊戲，它可一點都不會輸給烏圓。

袁香兒看著庭院中玩鬧起來的兩隻小妖，也打開了自己的紅包，裡面和往年一般，是一枚黃金的錢幣，錢幣上十分接地氣地刻著「招財進寶」四個字。

「你的是什麼？」她探頭看南河的，「哎呀，咱們兩個是一樣的。」

南河的紅包裡同樣有著一枚小金錢，不過換了「添丁進福」四個字。

這八個字在過年期間十分常見，家家戶戶的紅燈對聯上比比皆是，成雙成對地一起出現。

兩枚金錢擺在一起，就像是一對。

南河看看袁香兒手中的，又看看自己爪下的，似乎十分喜愛，用爪子將那枚錢幣撥過來、撥過去，最終叼起來，先跑回臥房收藏妥當方才放心。

鎮子上的爆竹聲此起彼伏，小小的煙火時不時升上誰家的房頂，炸出一片熱鬧歡騰。

烏圓和錦羽在雪地上玩得歡快。

袁香兒喝得有些微醺，將身邊銀白的小狼抱到腿上揉搓。

天空隱隱約約傳來低沉嗚嘯聲，遠處的天邊懸浮著一隻巨大而詭異的妖獸，細頭細尾，中間卻鼓著個圓鼓鼓的肚子，像一艘胖乎乎的熱氣球，飄飄蕩蕩地向著天狼山的方向飛去。

「那是什麼東西？長得好奇怪啊。」袁香兒迷迷糊糊地問。

「那是龍，龍會在除夕夜歸巢。」

「龍？龍是那個樣子的嗎？肚子怎麼那麼大？我以前過年為什麼沒看見？」

「它六十年回來一次，食飽方歸，歸來一夢六十載。周而復始。」南河看了袁香兒一眼，上一次妳還不曾誕生在這個世間，但下一次，我們還可以一起看它。

「哈哈哈，原來是因為貪吃，才吃得那麼胖。」袁香兒醉醺醺地哈哈直笑，「小南，你也變得那麼大，讓我趴在上面，帶我飛一圈行不行？」

「你的毛那麼軟，陷在裡面肯定和躺在雲上一樣舒服。」她搖搖晃晃地站起身，把南河抱起來，用腦袋去蹭那一團銀白的毛茸茸，「還是我們家的小南最好，既漂亮，又能幹，這麼體貼，毛還特別好摸。我一定要和你結契，我們馬上就結……結契。」

「妳喝醉了。」一個低沉的聲音無奈地響起。

「胡說，我哪有喝醉。現在叫我畫十個天羅陣都沒問題，不信我馬上畫給你看。」袁香兒走下臺階，腳下一滑，身體直接往下倒。

一隻有力的胳膊攬住了她，她在迷迷糊糊間依稀聽見了一聲嘆息。

大年初一，袁香兒在宿醉中醒來。

她已經不記得自己昨夜是怎麼回到床上的。

反正此刻的她卸了釵環，脫了鞋襪，小臉洗得乾乾淨淨的，舒舒服服地窩在被子裡。

袁香兒坐起身，揉了揉眼睛，首先看見的是蜷在床頭櫃上的一團毛茸茸。

「新年好呀，小南。」

那隻銀白色的小狼神色不明地看了她一眼，抖了抖小耳朵，從櫃子上跳下來，一溜煙地跑了。

我昨夜做了什麼嗎？袁香兒使勁回想，發現腦海中一片空白。

大年初一是客人上門拜年的時候。

第一位敲門的是祙，袁香兒打開門，從它的手中收到了一大籃新鮮的山茶花。她把山茶花拿給雲娘看。

「這麼多茶花也戴不完，白放著可惜了，不如做成茶花餅吧？」雲娘高高興興地從袁香兒手中接過花籃。

隨後是時常走動的鄰居上門回禮，袁香兒年前從鼎州帶回特產，分派給四鄰，因而他們也都帶上了豐厚的禮物前來拜年。

對門的陳家嬸子提著兩尾魚和一隻雞，站在門外和雲娘嘮嗑了許久。她的大兒子陳雄穿著一身精神的行頭，提著東西站在母親身後，紅著面孔，時不時看向袁香兒。

吳嬸家的大丫送來了喜餅，拉著袁香兒責怪，「妳跑哪兒去了，我就要出門了，想找妳多聚聚都見不著人。」

她開春就要嫁到兩河鎮上的人家，將來回娘家不易，對兒時的夥伴戀戀不捨。

袁香兒伸手抿了抿這位從小一起長大的夥伴的鬢髮，將一柄婁家答謝的金釵別上她的鬢間。

「這是特意留給妳的，算是提前給妳添妝了。」

「哎呀，這麼貴重，讓妳費心了，等妳嫁人的那一日，我一定會送妳一支更漂亮的。」大丫開心地摸著頭上漂亮的金釵。

人來人往熱鬧了一整日，日落時分，院牆外響起一串清越的鈴聲。

南河一下繃緊了身體，發出威嚇的喉音，瞪著院牆外一棵高聳的雲杉。

那樹梢之上坐著一個十歲左右的小女孩，手中轉著一枚滴溜溜的金色玲瓏球，正是多日不見的厭女。

「哼，果然是鯤鵬住過的地方，防禦得挺嚴實的嘛。」厭女不高興地坐在樹梢上說道。

雖說余瑤已經不住在此地多年，但院子裡依舊留有他的氣息和他布下的法陣，又經過袁香兒多方加固，除非經過允許，否則尋常妖魔是進不了這個院子的。

袁香兒打開院子的大門，向它招手，「進來吧。」

厭女從樹梢上跳下來，此刻的它穿著一身滾著兔毛邊、百蝶穿花緞面的夾襖，腳上蹬著一雙金紅色的虎頭鞋，頭頂上依舊戴著袁香兒當初送它的羊絨風帽，襯著白嫩嫩的肌膚，顯得粉妝玉砌，冰雪可愛。

「妳穿這身衣服真好看。」袁香兒誇它。

「好看嗎？阿椿做給我的。」厭女張開雙手轉了個圈，當真像蝴蝶一樣輕盈可愛。

「好看，沒有哪個小姑娘能比妳更好看了。婁太夫人怎麼樣，住得還習慣嗎？我正想著這幾日去看看她。」

「她很好，就是偶爾有些咳嗽。虺螣說可以找妳要一些祛病的符籙戴在身上。」

「行啊，我過完今日，沐浴熏香，認認真真為婁太夫人畫兩張驅除風寒的祛病符。去漠北之前一定給妳送到山上去，順便跟婁太夫人拜個年。」袁香兒真心誠意地希望老夫人長命百歲，身體康健。

厭女輕輕哼了一聲，什麼話也沒說，只是低頭玩轉著手中的金球。

袁香兒包了一袋糕點，和南河一起將它送出門。

這裡是鎮上最靠近天狼山的位置，轉出門來，便是上山的道路。厭女突然停下腳步，將手中那枚小小的金球遞上前，「阿椿做了最新的款式給我，舊的也沒用了，送給妳玩吧。」

「送給我？」袁香兒愣住了。

「這是法器，它煉製過了，裡面藏著它的力量，妳收下吧。」南河突然開口。

厭女轉過身來，看著山下熱鬧繁華的城鎮人家，蒼白小臉上的雙瞳如漆黑的深淵，

「數百年前，此地發生天災，顆粒無收，餓殍枕藉。許多養不起孩子的人家，就把家

裡的女孩丟在天狼山深處，任憑妖魔野獸吞食。」

「那時候有許多女孩死在山裡，冤魂眾多，積怨而生了我。因此我的能力，便是溝通天地間的魂魄。」

「這枚玲瓏球，跟在我身邊多年，我將它煉製成法器，有攝魂鎮靈的功效。妳留在身邊，或許能對妳有所幫助。」

那個小小的身影在說完這句話後，幻化為無數飛蛾，四散在空中，一路飛向天狼山深處的那間小屋去了。

第三咒〈胡三郎〉

第六章　忌妒

大年初五，袁香兒帶著花燈和禮物進入天狼山，到虺螣家拜年。

「阿香，妳來啦？我正在和阿佑學做香丸，想著做好之後給妳送去呢。」虺螣變出一條蛇尾巴，從庭院裡飛快地遊動出來迎接他們。

袁香兒手中提著一盞蛇形的花燈，蛇身靈巧地盤在一起，用青色的絹布加上薄薄的牛角片，巧妙地拼接出靈動的模擬效果，燈光細細地從鱗片間隙中溢出，蛇頭還能一開一闔地吐出紅色的蛇信。就連袁香兒買到的時候，都驚嘆這個年代的手工藝之巧奪天工。

跟在虺螣身後出來的韓佑之看見那盞燈的時候，整個人瞬間愣住。

「這是你父親臨走的時候，託我辦的事。」袁香兒看著眼前的小小少年，把手中的燈籠遞上前，「它讓我替它向你道個歉，它沒辦法陪你走接下來的路，希望你自己能夠好好地向前，它們會在燈光處看著你的。」

韓佑之看著那盞四溢著黃色燭光的燈籠，暖暖的燈光照著他的腳下。他伸出微微顫抖的手，接住那條細細的燈柄。

去年，就是在這個日子裡，父母出門辦事，把他獨自留在家中。他心中不願意，各種撒嬌吵鬧，想要跟著一起去。

「佑兒聽話，乖乖待在家中。兩河鎮的花燈製作精細，遠近馳名，父親去給佑兒買一個最漂亮的，行嗎？」父親當時摸著他的腦袋哄他，「佑兒想要什麼樣的燈？」

「我屬蛇，要一個蛇燈，會吐信子的那種。」韓佑之高高興興地說。

他欣喜地等了一整天，會吐信子的花燈沒有回來，在這個世界上最愛他的兩個人，也沒有回來。

一滴水珠落在了他的衣領上，韓佑之迅速用衣袖抹去了。

平日裡愛哭的他，在這個時候反倒不願他人看見自己的眼淚。

虺螣將袁香兒一行讓進屋子，不放心地頻頻伸頭張望。

那個小小的少年坐在迴廊的欄杆上，抱著雙膝，低頭看著身邊發光的燈籠，溫暖的燈光打在他的面孔上，讓他看起來有些悲傷，似乎又露出了一點回憶起往昔的笑容。

「他是不是很傷心啊？」虺螣坐立不安，「阿佑平時很愛哭的，今天沒有哭，反而讓我更擔心了。」

「人類的成長總是會伴隨著種種磨礪，妳不必過於緊張。」袁香兒和它一起看著窗外的少年，「這個孩子看起來柔弱，實際上十分強韌，得到了父母的祝福，對他來說是件幸福的事，妳就放心吧。」

颫腦嘆了口氣，「妳上次說過，最近又要出遠門了？」

「是的，這次去漠北。我不在家的時候，還要勞煩阿腦時常去看看我師娘。」

「行啊，妳就放心吧。妳不在家，我常常去看她便是。」颫腦答應得很乾脆，「如果有什麼事，妳也可以叫錦羽跑來找我。」

和颫腦告辭後，袁香兒帶著兩張怯病符，和一些準備好的禮物，走到山腳，給婁太夫人和厭女拜年。

婁太夫人住的屋子，是用山裡現成的石頭臨時搭建的。

各種花崗岩、石英岩，還有一些晶瑩剔透的礦物原石，也不知道用了什麼方法，整整齊齊地蓋成三、四間小屋，周邊用一種圓溜溜的彩色鵝卵石堆砌出一圈圍牆，圈出了一個不小的庭院，整棟建築在陽光下流轉著淺淺的光澤，既有些粗獷，又帶著幾分神祕的美感。

院子打掃得很乾淨，有水井、石磨、雞鴨窩棚，還搭了個鞦韆架，正中心堆著兩個歪歪斜斜的雪人，手拉著手，笑嘻嘻的，插著紅蘿蔔做的鼻子。

屋子裡的傢俱用品倒是一應俱全，床榻桌椅，精細考究，塞得滿滿當當。

「銀色的這張請您佩戴在身上，把黃色的這張燒掉之後化水喝。還有，這個是我師娘做的金桔冰糖，潤肺寬氣，對喉嚨好。」袁香兒將自己帶來的禮物一一擺在桌上，問候婁太夫人，「您在這裡住得還習慣嗎？有沒有什麼我可以幫得上忙的地方？」

「你們能過來看看我，我就已經很開心了。」婁椿笑咪咪地說，「我什麼也不缺，孩子們來了很多趟，都快把這裡塞滿了。阿厭有些瞎緊張，我不過咳了兩聲，它就慌慌忙忙地跑去找妳。其實我覺得住在這裡，空氣也好，吃得也舒服，身體比往年冬天還硬朗許多。」

院子裡，厭女正在和烏圓一起玩袁香兒送來的花燈，獅子形狀的花燈製作精美，綾絹蒙著燈身，周圍繞著一圈細細的絨毛。伴隨著花燈搖晃，獅子的首尾和四肢活靈活現地擺動起來，一雙點著金漆的大眼睛，還會忽閃忽閃地眨著，十分生動有趣。

厭女瞪著烏溜溜的黑色眼睛，蹲在地上，面無表情地看著搖頭擺尾的小獅子，每當烏圓想伸爪子碰一碰，它就飛快地出手，狠狠將烏圓的小爪子拍掉。

只聽得一院子都是烏圓不甘心的叫聲。

「雖然阿厭說自己是怨靈，但畢竟是由孩子們的魂魄凝聚而成的，對任何事情都好奇得很。我覺得它不像積怨而生，不過是那些女孩的寂寞遺留在世間，匯聚而成的生命。」婁椿眼角的皺紋擠在一起，「它實際上是個好孩子，我現在只希望自己能多活幾年，才能多陪陪它。」

「山裡靈氣充足，食物健康，不似人間混濁，您一定能長命百歲。」南河難得開口說話。

「承你吉言，你們也要動身去漠北了吧？」

「行程就定在後日。」袁香兒道，「這次的路程有些遠，可能要去很長一段時間，沿途看一看各地的風光，再體驗一下大漠的風情，回來再說給您聽。」

妻椿看著坐在自己面前的這對少年少女，女孩自信而溫和，像冬日的暖陽，男孩冷傲而俊美，猶如這雪山上最聖潔的雪峰，坐在一起令人賞心悅目。

「我年輕的時候，時常聽旁人謬贊於我，但想想我在妳這個年紀，其實還遠不如妳這般大氣灑脫，獨自遠行，不以煩難艱險為懼。那時候我的家裡亂成一片，我表面上凶得很，誰都不怕。實際上每晚都躲在被子裡偷偷哭泣。」妻椿伸手給他們添了茶水，「我第一次看見妳，就在想，這是誰家的女娃娃，能教得這般爽朗大氣，真是一點都不遜於男子。」

「大概是因為師傅和師娘都太寵我了，有恃無恐，所以過得恣意了一些。」袁香兒也覺得自己比起上輩子舒坦，越活越明白，越過越幸福。

那一世，她在孤獨和寂寞中長大，首先學會的是堅強和隱忍。而這一世在愛中長大，學會的是包容和愛著身邊的一切。

正月初七，宜出行，宜嫁娶，宜教六畜，忌出火。

袁香兒告別雲娘，踏上北上的旅途。

周德運和仇岳明一併在闕丘鎮所屬的辰州等她。

會合之後，他們在碼頭登上一艘豪華而舒適的商船，沿著沅水北上，過了鼎州，再入洞庭湖。

仇岳明的精神狀態好了許多，他穿著一身簡潔的男裝，脊背挺直，神色凜然，雖然身姿單薄，容貌娟麗，卻莫名帶上一股雌雄莫辨的美。相比一身華服的周德運，反倒更引人頻頻注目。

「您的身體好些了嗎？」袁香兒問。

「有勞記掛，已不礙事。」他不太自然地看了周德運一眼，勉強道，「多得周兄照料。」

周德運十分怕他，連連擺手，「沒有沒有，應該的、應該的。」

仇岳明拿出一張手繪的輿圖，攤在樓船廂房內的桌上，給袁香兒講述行程。

「我們沿沅水北上，至鼎州入洞庭湖，一路走水路到鄂州。再從鄂州改陸路，到了東京之後，走河東路自太原府過雁門關，最後抵達大同府。然後越過長城去豐州。」他一邊指著地圖講解路線，一邊徵求袁香兒的意見，「這是在下感覺相對安全的路線，您看是否可行？」

袁香兒看著周德運，周德運連連點頭，「我對此事一竅不通，全仗仇……仇兄安排。」

袁香兒便道：「我也沒有出過遠門，此事聽您的便是。」

仇岳明收回手，神色略微柔和，「在下小字秦關，小先生可依此稱呼便可。」

「那秦關兄喚我阿香就可以了。」袁香兒給他們介紹坐在窗邊的南河，和抱在懷中的烏圓，「這位是南河，這是烏圓，都是我的朋友。」

南河淡淡地回頭瞥了二人一眼，烏圓喵了一聲，仇岳明尚且鎮定，周德運縮起脖子，兩股顫顫幾欲先走。

船行了一夜，早上起來，進入煙波浩瀚的洞庭湖內。

仇岳明持一柄短劍，早早在甲板上練了幾回劍法。據周德運解釋，仇岳明自從恢復體力後，日日堅持鍛鍊身體，依照腦中記憶來修習武技，沒幾日舞起劍來，已經像模像樣了。

瑟瑟江面，瑩瑩波光，美人如玉劍如虹，秋水盈天，身姿曼妙。

「我夫人的身體本來不太好，別說拿劍了，就連筆桿拿久了，都會說手腕疼。」周德運從窗臺上看下去，「秦闗兄一來，倒是把她的身體練好了。」

他從一具金絲細竹編織的都籃內取出銅爐、急燒、茶罐、茶瓢等器具，和一套鷓鴣紋的黑釉建盞，並指使隨身小廝去江心取水。口中抱歉道：「出門在外，帶不得多少東西，連喝口茶都尋不得好水，怠慢小先生和諸位了。」

仇岳明從甲板處上來，取毛巾擦了一把汗，在茶桌邊一道坐下。

「過了東京之後，西北的路可不太平。到時候我等需輕車簡從，一應不得招搖。別說茶，能有一口乾淨的水喝就算不錯了。」

周德運頓時愁眉苦臉。

「或許你就別去了，我和秦闗兄去把你家的娘子換回來也行。」袁香兒看著這位對生活考究的紈絝子弟，覺得不帶他上路可能還便捷一些。

周德運連連搖頭，「不行，不行，我得親自去把娘子接回家。」

「你真的這麼稀罕你家娘子嗎？」袁香兒有些好奇。這個年代，女子的地位低下，三妻四妾者眾，能為妻子這般費心的，也算是少見了。

「說來倒也奇怪，娘子在家的時候，我並沒有如今這般惦念。」

周德運說起往事，不由想起自己新婚之時，掀起蓋頭的那一刻，看見紅燭之下嬌羞的如花美眷，心中極其歡喜。但日子久了，似乎就變得尋常了，娘子是大家閨秀，端莊嫻靜，孝順父母，照顧妹妹，打理起家務一把好手。他也開始過上逍遙自在的日子。

日日約上三五好友，踏青遊湖，飲酒論詩，品茗聽蕭，絲竹之音不絕，良辰美景不虛。便是喝醉回家後，一雙溫柔的小手都會接住他，為他奉衣端茶，照顧周全。

世間似乎再沒有能讓他煩惱的事。

家境富裕，僕婦成群，家業被妻子打理得井井有條。在外，他可以肆意揮霍，從不用顧忌錢財；回到家中，即便無端排遣些脾氣，妻子也是溫柔和緩，以夫君為尊。

唯一不足之處，便是還沒有子嗣，父母念叨得厲害。他心裡尋思這倒不是什麼大事，等他再逍遙兩年，若是妻子還沒有動靜，娶一二小妾，延續香火也就罷了。

他也沒有像尋常男子那樣，因此事對妻子多加訓責，不過偶爾說上幾句。雖然知道父母對妻子多有不滿，時常訓斥，偶有責打。

但他心中覺得為人子女的，以孝為天，既然妻子嫁到了他們家，在家中金尊玉貴地享著福，那麼順受父母之命，也是為人子媳應該做的。

直到有一日，妻子突發癔症，再也認不得他，對他拳腳交加，惡語相向，不肯讓他靠近半步。

家裡的一切頓時亂成一團，僕婦小廝不服管束，不是這裡丟了柴米，就是那裡壞了規矩，日日來尋他掰扯，他哪裡搞得清這些，只顧著暈頭轉向，胡亂打發。

想起往日回到家中，看見妻子坐在小軒窗下，持著帳目對牌，細聲細語，似乎輕輕鬆鬆就能將一切整得井井有條，換做他接手，才發現千條萬緒，雜亂如麻，根本打理不清。

他也不知道家裡的產業在經過這些年，不聲不響地擴大了數倍。外邊田地的莊頭，商鋪的掌櫃，錢莊的帳房，每天一早就排著隊，拿著理不清的帳本收條來尋他囉唕，直忙得他頭疼欲裂，疲憊異常，再也沒有和朋友們吟詩作對的心力。

加上小妹到了談婚論嫁的年紀，需要百般相看。父母年事已高，時時尋醫問藥。

周德運突然想不明白，當初妻子是如何拿出精力，每日還能以笑臉相迎，小意殷勤。

「她日日在身邊的時候，我沒體會到她的好，直到她突發癔症，家中混亂，我悵然若失，知道她的難得，心裡彷彿空了一個洞，才想將她尋回來。」周德運舉著茶盞，有些喝不下去，「父母和親朋好友都勸我放棄，不如離了再娶一房。可事到如今，我心裡放不下她，再無娶她人為妻之想。」

仇岳明放下手中的短劍，接過周德運遞來的茶盞，一飲而盡。

「我常年居住塞外，沙場上只有打馬的漢子，熱血的男兒，那是男人的天下。我曾經也十分看不起女子，直到這回蒙難在身，才知世事對女子之不公。」他看了袁香兒一眼，面有愧色，「我自詡滿腹韜略，只因換了個女子之身，最終連個後宅都擺脫不了，無可尋容身之地。最終還是多得女子相救。」

一連坐了幾日的船，眾人抵達鄂州城。

鄂州被稱為楚中第一繁盛處，自然別有一番熱鬧景象，道路兩側的建築多為白牆黛瓦，一眼望去是層層疊疊的硬山頂，高牆翹簷頻飛，額枋彩繪斐然。

周德運小心地從跳板上岸，舒展了一下身體，「總算踩著實地了，在船上搖晃了這麼多天，即便走在地上，卻感覺身體還在晃。」

他轉身想要接他的娘子下船，仇岳明瞥他一眼，手持短劍，健步走下跳板。

周德運又想看看香兒先生是否需要攙扶，就見袁香兒已經追著烏圓，一路從跳板上跑下來，「烏圓別跑那麼快，仔細掉到水裡！」

跟在她身後的南河，淡淡轉過眸子看了他一眼。

周德運訕訕地收回手，摸了摸鼻子。在最近幾天的相處之下，幾乎顛覆了他從小到大對女性的刻板印象。在他的記憶中，家中的女子都是溫婉、柔弱、百依百順，只生活在後院中那一小方天地。若是無枝可依便會凋零，只有仰仗男人才能生存下去。

可如今，看著仇岳明和袁香兒的模樣，他想起曾經的妻子，他隱約覺得若是解開那層束縛，說不定這個世界上的許多女子，並不比他們還差。

當天晚上，一行人入住鄂州最為豪華的一間客棧中。

客棧的廂房布置得典雅舒適，寢具潔淨，全天供有熱水。一樓的大堂有販賣精細的酒菜，更有抱著琵琶月琴的藝妓穿行其間，提供娛樂服務。

周德運叫了一桌席面送到廂房，請袁香兒等人上桌。待眾人入席，一位歌姬抱著琵琶款款而入。出雲袖，石榴裙，衝著眾人盈盈下拜，素手纖纖，轉軸撥弦，起曼妙仙音。

「旅途條件艱苦，著實辛苦小先生和諸位了，難得到一處安穩的地界，咱們好好放鬆放鬆。」周德運招呼眾人，「在下沒有別的愛好，最喜音律，這位秋娘乃是此地教坊第一部，堪與京都雨師坊的胡娘子比肩，聽得她素手一曲，堪可解乏。」

「周員外說笑了，咱們這樣的粗淺技藝，如何能同胡娘子相比。」身穿紅裙的秋娘笑了起來，「只是既得諸位抬愛，今日就伺候一曲〈惜春郎〉，還望客官賞臉聽一聽。」

說完這話，她輕輕瞥了南河一眼，玉手紛飛，紅唇微啟，眉目含春，獻曲彈唱，將一曲〈惜春郎〉唱得柔情百轉，引人入勝。

袁香兒其實十分喜歡這個時代的美人，她們身上有著古代女子獨有的韻味，行止翩翩若輕雲出岫，芊腰款款似弱柳扶風。低眉淺笑之間，曲調動人心弦，連看著你的眼光都怯怯地帶著水光，溫柔又多情。

別說是男人，就是她身為女性，被這樣的目光看上幾眼，都覺得心中舒坦，賞心悅目。

袁香兒頓時理解生在這個時代的男人的幸福感，能被這樣美麗的異性以柔弱謙卑的姿態侍奉著。苦練多年的高超琴技，不過呼之即來、博君一悅而已，這無疑是一種志得意滿的享受。

可惜那位美麗的娘子眼中沒有她，只是頻頻將秋水一般的眼眸看向南河，含羞帶怯，眉目有情。

無奈南河冷著一張臉，非但不搭理，甚至連看都沒看她一眼。

一曲罷了，秋娘起身謝客，她先來到周德運面前，笑盈盈地道了謝，接過謝儀，相約下次再請。又特意走到南河面前，款款福了一福，「奴家居住尋芳閣，小名秋娘，此後歸家，翹首盼望，還盼郎君時常看顧，莫要相忘。」

南河眼看著她約了周德運，又公然約了自己，心中難以理解，突然開口問道，

「妳，妳有多少個郎君？」

那位秋娘啞然失笑，「郎君恁得這般質純[8]，奴家生如浮萍，沒有從一而終之說，不過露水姻緣，只看今宵罷了。」

南河抿住雙唇不再說話了。

不知道為什麼，袁香兒覺得它如果不是人類的模樣，此刻只怕又要用一條小尾巴對著自己了。

入夜時分，袁香兒在客棧柔軟的床榻上睡得香甜。

窗外響起一聲極其細微的響動，一雙綠瑩瑩的眼睛出現在被推開的窗縫外，悄悄向內打量。

袁香兒床榻前的軟墊上，一雙毛茸茸的耳朵立刻豎起。

周德運單獨給南河開了一間臥房，但它還是蜷到了袁香兒床邊的墊上睡覺，倒是把廂房的大床便宜了烏圓。

8 質純：單純質樸。

南河低低的喉音響起，窗戶「啪嗒」一聲闔上了，窗外的那雙眼睛迅速消失不見。

夜幕深沉，街道上除了一些掛著紅色花燈的建築，大部分人類的活動已經停滯下來。

陰暗的巷子裡，偶有一些野貓和野犬踩踏著泥濘跑過。

一隻有著綠色雙眼的生物在潮溼陰暗的巷子裡飛奔，它的速度極快，幾乎可以貼著垂直的牆面奔跑。

但有個身影比它更快！

銀白色的身軀越過巷子狹窄的天空，落到了那隻妖魔的身前，堵住它的去路。

天狼的四肢彪悍有力，琥珀色的雙眸陰森可怖，冷冷地盯著眼前的獵物，發出了威嚇的喉音。

小小妖魔在巨大的威逼下冷汗直流，它覺得自己只要再做一個多餘的動作，就會被眼前強大的存在撕成碎片。它混在人類的城鎮生活已久，早已能熟練地變化為各種人形，哄騙單身的人類親近自己。

它生活在這裡，唯一要提防的是那些道法厲害的人類術士。而這樣強大的同類，它已經很多年都沒有見到了。

「大哥，饒……饒命，我什麼也沒做啊。」綠色眼睛的妖魔討饒祈命。

「你躲在窗外看什麼？」銀色的天狼瞇起雙眼，「你想對她不利？」

「不不不，我絕對沒有這個意思。」妖魔瘦小的身軀跪拜在地上，鋒利的前肢握在一起，「我只是聽說來了一位帶著使徒的術士，擔心是洞玄教的那些法師派人下鄂州清剿我們，就想悄悄看上一眼。」

「洞玄教？」

「是啊，你知道的吧？這些術士最近很倡狂，殺了不少我們的同伴。」那隻妖魔揣摩著南河的神色，發現它並不是人類的使徒，於是小心翼翼地說，「大哥，我們是同類，如今妖族在人間生存不易，你不該找我麻煩，畢竟人類才是我們的敵人。」

南河皺了皺鼻子，「你身上有血腥味，是人類的血。」

那妖魔舔了舔還沾著血的手指，露出興奮之色，「是啊，剛剛才得手。這年頭想吃個人類都不容易，我潛伏在那個人身邊多時，好不容易取得了他的信任，神不知鬼不覺地弄死他，挖了心臟來吃……哎呀，您這是幹什麼！」綠色眼睛的妖魔一下被南河踩在腳下，嚇得驚聲尖叫，「你剛剛想溜進去，偷吃她的心臟？」

「是、是又如何？外來的旅客，只要處理得好，死了也不容易被發現。那些人類骯髒、無恥，本來就該成為我們的食物。你是妖魔，又不是使徒，幹嘛幫著人類？他們還不是仗著自己會術法，捕殺活捉我們的同伴嗎？」

「人類不全都是骯髒無恥的，也有很好的人類。」

「你在說什麼？你……難道喜歡人類？喜歡剛剛那個人類雌性？」妖魔發出尖銳的嘲笑聲，「別傻了，大哥。人族都是狡猾而無情的生物，喜歡上人類的妖魔都沒有好下場。」

「他們只認可自己的同類，永遠不可能真正喜歡上妖族。哪怕對你和顏悅色，那也不過是想利用和欺詐而已。她從你身上得到了她想要的東西之後，也只會轉身嫁給人類雄性，不可能把你放在心上。」它趁著南河愣神，從爪下掙扎出來，一邊後退，一邊遊說，「你相信我，我在這個城鎮住了太久，看過太多犯傻的妖魔。你現在應該轉身回去，咬斷那個人類的脖頸，把她的心臟挖出來吃了。」

它還沒把話說完，一股颶風撲面掃來，在人類的城鎮裡混跡數百年的小妖，想不透自己為什麼死於非命。

南河躍上屋頂挑出的翹簷，在那裡舔了舔爪子，向來時的方向跑去。

他不在意那隻小妖說的話，對天狼族的每一隻狼來說，要判斷一個生靈的好壞，用的是自己的雙眼和耳朵。阿香對自己如何，只有它自己最清楚。

只是那隻妖魔說的其中一點是正確的，人類似乎並不只有一位伴侶。

南河停住腳步，在它腳下不遠處的一間院子，掛著明晃晃的燈籠，即便是深夜，依舊有不少進進出出之人。有的是一個男人摟著幾位女性，也有一個女子陪著幾個男人。

每個人都在笑，似乎過得很快樂。還有些奇奇怪怪的聲音夾在夜風中，傳入南河聽力過人的耳朵。

從小就獨自生活的南河，並不明白那些聲音代表著什麼意義。它遲疑了一下，輕巧地躍上屋脊，悄悄踩過那些瓦片。

它聽見了男人的喘息聲，和一種屬於女性的甜媚聲響，那些聲音混在一起，鑽進了它不通人事的身軀。它突然明白了什麼，心中慌亂而侷促。

滿面通紅的小狼逃離了恐怖的地界。它在雪夜裡一路飛奔，然後鑽進一堆蓬鬆的白雪中，把自己凍了許久，直到渾身澈底冷卻下來，再也看不出什麼異狀，才抖落冰雪，哆哆嗦嗦地爬回屋子，順著窗戶的縫隙鑽進去，回到了那個人的身邊。

他看著床榻上的袁香兒，那人睡得正香，完全不知道發生了什麼事。

想到將來有一日，她可能一邊抱著自己，一邊摟著其他異性甜言蜜語，南河的胸口就像被一柄尖刀抵著，十分難受。而它自己握著那柄刀，眼睜睜地將刀尖扎進心裡。

為什麼要喜歡上花心的人類呢？南河悲哀地想著，用冷冰冰的鼻頭輕嗅那人露出被褥、垂在床沿的手掌。

那人下意識地翻過手來，開始撫摸它的耳朵，又順著臉頰撓它的下巴。南河把腦袋靠過去，順從地翻過身體，享受著那靈巧的手指觸摸在肌膚上的感覺。

或許我可以咬死所有出現在她身邊的雄性，那樣她會不會就只看著我？

袁香兒在睡夢中，感覺到有一個溼漉漉的東西蹭著她的掌心，她條件反射地把那團毛茸茸肆意揉搓了一通。

那團毛茸茸又冰又冷，微微顫抖。

袁香兒一下睜開眼睛，發現地板上一路的水跡，南河渾身溼答答的，縮在床下的墊子上打冷顫。

「大半夜的，你跑去玩雪了嗎？」袁香兒強撐著睡意，把南河一把拎上床，胡亂找了條毛毯幫它擦乾，將它裹在毯子裡，塞進自己溫熱的被窩。

迷迷糊糊地陷入沉睡後，她依稀聽見枕邊響起一道輕輕的話語。

「只要我一個不行嗎？」

「行，只要小南一個。」袁香兒睡眼朦朧，含含糊糊地說。

「實在不行，留下烏圓和錦羽，別再要其他人了，可以嗎？」那聲音委屈得不行。

袁香兒只想著哄它高興：「不要烏圓，不要錦羽，只要小南就好了。」

第七章　剿滅

離開鄂州之後，一行人改坐上周德運租用的馬車，臨時租借的馬車性能不太好，跑起來氣悶又顛簸。

仇岳明早早棄車就馬，並且很快憑藉記憶恢復了熟練的馬術，在大道上策馬馳騁了起來。

袁香兒看得十分羨慕，也下車學習騎馬。

看仇岳明騎馬時，覺得他英姿颯爽、飛揚灑脫。輪到自己騎在馬背上，才發現渾然不是那麼一回事。

馬跑起來的時候，顛得她渾身散架，腰疼屁股疼，大腿內側也被磨得生疼。

「不行了，不行了，我得下來走走。」袁香兒勒住韁繩，從馬背上下來。

她和南河一人一匹馬，速度較快，將周德運的馬車甩了一大截的路。

「騎馬太不舒服了，還是騎小南比較舒服。」袁香兒對陪伴在身邊的南河抱怨。

南河看著她，琥珀色的眼珠清清亮亮的。

小南好像很高興，剛剛這句話有什麼不對的地方嗎？袁香兒奇怪地想。

路邊的灌木林裡一陣響動，一隻有著金黃色毛髮的小狐狸從林木中竄出，它身上中了一支箭羽，拖了一路的血跡，烏黑的四肢全力狂奔，在衝過袁香兒的身邊時，卻突然停下腳步，「小阿香？怎麼是妳？」

密林內遠遠傳來一陣急促的馬蹄聲。

那隻小狐狸焦急地回頭看了一眼，一下竄到了袁香兒的懷中，「有壞人在追我，阿香，妳快把我藏起來！」

袁香兒辨認了一下，突然想起這是童年時家鄉中的小狐狸。那時候的自己，是袁家沒人稀罕的三丫頭，時常在村裡瘋跑，便會常常遇到一些混跡在人間界玩耍的小妖精。

當時這隻小狐狸多半以妖形的小男孩模樣出現，所以袁香兒一時間沒認出它。

出門之前，袁香兒早早央求雲娘用獸皮縫製了一個便於攜帶的隨身背包。林間的馬蹄聲越來越近，袁香兒急忙打開背包，將裡面的幾件雜物取出，把那隻受了傷的小狐狸藏在裡面。

將將藏匿好了，只見一簇人馬從遠遠的林間飛奔而出，一個個錦帽貂裘，持弓佩劍，飛魚袋內插著羽簇，馬鞍後頭拴著獵物。

被簇擁在人群當中的年輕男子，著一身重蓮團花小袖錦袍，腰繫雙搭尾蛇鱗寶帶，黑紗羅冠勒著鬢角，綬帶飄飄，左牽細犬，右擎蒼鷹，飛眉入鬢，玉面寒霜，端得是氣勢不凡。

這些人勒住馬匹，便有人衝袁香兒和南河問道，「可有看見一隻受了傷的狐狸從此地經過？」

袁香兒茫然搖頭，一臉真摯，演技到位。

但當中的那位男子卻不為所動，他顰眉打量袁香兒片刻，淡淡開口，「把妳背上的包裹打開來看看。」

袁香兒護住背包，一臉戒備，「莫非是劫道的山匪？」

那群人不禁嗤笑起來。

一位開道的伴當上前勸說，「小娘子莫要渾說，這位是洞玄教的法師，來自京都神樂宮。妳不可無禮，速速將包袱打開便是，我等查驗過後自還於妳。」

袁香兒不同意：「不行，荒郊野道的，你們一群人突然跑出來，憑什麼說翻就翻？」

「無需和她囉嗦，我察覺到靈力的波動，顯然藏著一隻小妖精，把那個包袱拿過來。」身穿重蓮錦袍的男子語氣嚴厲。

這句話剛落地，在眾目睽睽之下，一隻小奶貓從袁香兒後背的背包裡鑽了出來，那隻小貓頗不高興地衝著眾人「喵嗚」一聲，它蹲到袁香兒的肩頭，眉心隱約閃過一道紅痕。

「使徒？那是使徒吧？靈力波動是從它身上傳來的？」

「這樣的小姑娘竟然是同道中人，差點看走眼了。」

「哪個門派的弟子，看得出來嗎？這樣的年紀就出來走動了。」

人群中幾位穿著錦袍的術士開始小聲議論，他們不像周德運家中那批散修，對擁有使徒的人大驚小怪，大多是在感嘆袁香兒這樣的年紀，能被師門允許出來行走江湖。

「原來是位道友。」居中的男子遲疑了片刻，伸手行了個道禮，「在下乃洞玄教掌教妙道真人座下弟子，敢問道友仙鄉何處，師出何人？」

洞玄教被拜為國教，受天子尊崇，門中弟子身分尊貴，修為不凡，無論走到哪裡，都是人們追捧的中心，自然個個都有些高傲脾氣。

這位雲玄年紀輕輕便被掌教妙道真君收為親傳弟子，更是從骨子裡就帶著股冷傲的氣勢。只是如今奉師命帶著諸位師弟出行，少不得收斂脾氣，不好無端與其他門派的人起衝突。

於是他自報家門，具禮問詢，心想這位姑娘不論出自哪個門派，都不至於不給他們洞玄教這麼一點小小的面子，為了一隻小狐狸精同他們為難。

袁香兒搖搖頭：「抱歉，我不認識你們。如果沒什麼事，我就先走了。」

她已經看清楚了，這些人的馬背上掛了不少斷氣的「獵物」，顯然都是一些死後化為本體的小妖精，有些被砍去肢體，有些被取了內丹，血淋淋的十分可怖。

袁香兒偶有聽聞世間人妖混居，因為種族不同，彼此間為了生存，時常相互殺戮。但袁香兒在闕丘鎮安逸生活了這麼多年，並不能理解這種仇恨。

這隻小狐狸是她幼年時期的玩伴，一起爬過牆頭、分過果子。袁香兒對它有了感情，不可能眼睜睜把它交到「獵人」手中，由著他們剝皮分屍。這就像是人類如果為了溫飽而獵食動物，她覺得是應該的，但如果有人要碰她從小養到大的寵物，那可萬萬不行。

「道友不願打開包袱，莫不是心虛？」雲玄舉起手臂攔住她的去路，「近年來，京西到鄂州一帶多有妖魔為禍人間，我等奉師命，沿途清剿，正在捉拿一狐妖，追緝至此卻突然斷了蹤跡。若非道友藏匿，該如何解釋？」

他才剛說完，肩頭那隻蒼鷹的雙目亮起黃光，伴隨一聲嗚嘯，展翅舉於空中，尖銳的雙爪向著袁香兒背上的背包抓去。

袁香兒才剛要祭出符籙，南河的背影已經擋在了眼前。它的雙眸亮起冰冷的星輝，一手背於身後，只舉一臂，五指淩空一抓。

那隻飛在空中的蒼鷹尖叫一聲，摔在地上，撲騰了一地羽毛，就地化為一位披著褐色羽翼的女子，一瘸一拐地退到雲玄身後。

「妖魔？它是妖魔？」

「什麼種類，看不出來。」

「管他什麼種類，擒下來再說。」

洞玄教的術士個個面色不虞。

「妳先退後。」南河側過臉，對著袁香兒道。

雲玄的神色冷了下來，他微微抬起手，輕輕勾了一下手指。

南河的四周，八卦方位，迅速站上一位術士。他們圍住南河，手中結法訣，兩兩祭出一張符籙，金光閃閃的四張符咒緩緩升上天空，隱隱形成一個法陣。

南河十分熟悉這個法陣，正是袁香兒曾經用來困住它和虺螣的四柱天羅陣。

南河冷哼一聲，別說它如今的實力遠勝當時，便說這八個人一起布陣，動作遲緩，吟唱個不停，它隨便破開一個缺口，這個法陣就布不成，根本不可能就此困住它。

南河還沒有出手，就聽見袁香兒不高興的聲音，「八個人聯手欺負我家小南，臭不要臉。」

天空突然降下無數大小不同的火球，劈里啪啦地打在那些布陣的法師身上，頓時燒得他們手忙腳亂，慌腳雞似地忙著撲滅身上的火焰，所謂的四柱天羅陣還未結成，就已經消散於無形。

「不識好歹，妳這是哪來的法門？」雲玄皺起眉頭，這個人雖然用得也是道術，但也太不講究道門鬥法的規則了，這樣一不擺陣，二不誦咒，不要錢似地灑了漫天符籙，幾乎就是個暴發富的打法。

更奇怪的是，他博覽各家術法，竟也看不出這個密集又強大的攻擊術法是出自何門何派。

他慎重地夾著一張銀色的符籙，默默念誦法訣，展符祭到空中，銀色的符籙上符文流轉，空中隱隱出現一隻紅色的神鳥鳳凰。

這還是袁香兒第一次和人類術士真刀真槍地鬥法，什麼都慢上半拍，看見火鳳的虛影出現，才反應過來那是神鳥符。

余瑤並沒有特別傳授過鬥法用的術法，她所修習的術法，大多都是自己從余瑤的書房中翻出來的。他的書房擺放著各家各派的祕笈術法，其中最多的，當然就是號稱天下第一大派洞玄教的道術。

因此袁香兒學會的實用術法，大多出自於洞玄教，比如眼前這個神鳥符，她也算是用得十分得心應手。

袁香兒抬手祭出一張黃色符籙，符文後發先至，一隻一模一樣的火鳳瞬間出現在空中，兩隻神鳥齊齊清鳴一聲，各自噴出一團巨大的火球，在空中彼此抵消，騰騰熱浪鋪地掀開，撲了在場所有人一臉。

雲玄舉袖擋住熱浪，揮開袖子，甩開雲霧，驚訝萬分地看見對面那位小姑娘，依舊笑嘻嘻地看著他。

他自小拜在師傅門下，年少成名，鬥法之時少有敗績，已經是道門年輕一輩中的翹楚。但他心中知道，剛剛那一招看似平手，其實是自己輸了。

自己先起的手，念誦符咒，祭出中階銀符，而對方不經過吟唱，隨手祭出普通符籙，甚至沒有用本門祕術，而是嘲笑似地刻意用出和他相同的洞玄教術法，竟然輕鬆抵消了自己的神鳥符。

這位女子到底是何方神聖，雲玄又驚又疑，如此天分之高，為何籍籍無名。

雲玄悄悄對身邊的人道，「請法器，招渡朔來。」

身後的弟子點頭退去。

一陣鐵索碰撞的聲音響起，地面湧起一股寒霧，將方才滿地的火焰之氣消弭，一位身材高挑的男子從霧氣中走出，那人長髮漆黑，肌膚蒼白，細眉長眼，眸中隱現金光，薄薄的雙唇是濃黑的墨色，既恐怖又美豔，有如鬼物現世，又似神祇降臨。

令人心驚的，是它的身軀纏繞著碗口般粗重的鐵鍊，那些鐵索不僅拷住了它的雙臂雙足，更是從它的兩肩貫穿了身軀，沉重的鐵鍊上刻著密密的暗紅色符文，行走之時鋃鐺作響，但那名為渡朔的男子舉動自如，絲毫不被穿過身軀的枷鎖限制，它甚至沒有露出半分痛苦之色，冷冷地衝著雲玄開口道：「什麼事？」

「拿下那個妖魔。」雲玄指著南河，發布命令。

渡朔抬起眼眸看了對面的南河一眼，挑了挑眉頭，「哦？天狼族，倒是少見了。」它漫不經心地抬起一根蒼白的手指，衝著南河一指。

南河在它出手的那瞬間，直覺感到了危險。它收手握拳，交錯護住頭部，身軀已被一股巨大的力量衝出十來米，踉蹌了好幾步才勉強穩住身形。

「原來還只是一隻小狼啊。」渡朔輕笑了聲，「可憐見的，就讓我陪你玩玩吧。」它動了動戴著鐐銬的手腕，手指的肌膚慘白如紙，短短的指甲漆黑，毫無血色的手指掐了一個奇特的手訣。

南河腳下的大地突然開始下陷，空氣中彷彿出現了一個無形的力場，連堅實的土地都被壓陷出一個淺淺的坑洞。南河高高地躍起身軀躲避，無處不在的空間力場在它身邊不斷出現，它只能用最快的速度，在茂林中來回穿行閃躲。

成片的高大樹木轟鳴倒地，南河的髮冠在戰鬥中丟失，一頭銀色的長髮在迅速奔跑中，化為流動的星辰拖曳在身後，一路留下星星點點的幻影。

「渡朔的力量是空間之力，除了老師身邊的皓翰，我還沒見過有哪隻妖魔是它的對手。」雲玄感覺挽回了一點顏面，悄悄鬆了口氣，帶著這麼多師弟，還在地方官員派出的隨行武士面前，若是輸給一個小姑娘，實在太丟面子了。

但他的笑容很快就凝固在臉上，藍天不知何時缺了一個圓口，白日現出星辰，漫天的星力猶如流星墜落，轟隆隆地全砸在了渡朔的身上，揚起漫天煙塵。

煙塵散去之後，露出渡朔狼狽的身影，順直的長髮凌亂，披在身上的長袍也敞開了領口，露出那些鑽入身軀的猙獰鐵鍊，它甚至被砸得陷入了土地。

渡朔收回護在頭頂、戴著鐐銬的手臂，把陷入地底的雙腳拔出。它瞇起狹長的雙眼，臉上隱隱帶著怒色，

「還沒完全渡過離骸期的小狼，居然可以引動星辰之力。倒是讓我起了認真較量的心思。」

它的五指驟然收緊。

南河立足之處的四面八方的空氣齊齊壓縮，土地瞬間塌陷成範圍極廣的巨大坑洞。就連遠遠停在周邊的馬匹都受到了驚嚇，揚起前蹄嘶鳴，不受控制地向遠處逃竄，場面登時亂成一團。

但那個坑洞的中心，卻有一個圓形的土地完好無損，銀髮飛揚的男子平靜地蹲在那裡，雙眸中戰意蒸騰。

渡朔顰起了細長的眉頭。

它看見那個天狼族的男人身邊，站著一個十六七歲的人類少女。

那少女一手按在身前男人的肩上，一臉不虞地瞪著它。

在他們的周圍護著一個透明的圓球形法陣，一黑一紅的兩隻小魚正圍繞著法陣悠悠游動。

「雙魚陣？鯤鵬？」渡朔突然笑了一聲，又笑了一聲，彷彿想起什麼好笑的事情，一手捂著臉，揚起頭哈哈笑了幾聲，「鯤鵬啊，他竟然還把這個法陣留在人間。」

它攤了攤手上叮叮噹噹的鐐銬，在土地上坐下，「沒辦法，我對付不了這兩個人。」

雲玄靠近它低聲道：「渡朔，你答應過師尊一路聽我號令，絕不敷衍。」

渡朔無所謂地抬了抬眉，「我沒敷衍你，那個法陣我破不了，你就是叫你師傅來，我也只能這樣說。」

雲玄猶疑不定地看著不遠處的袁香兒和南河，在他身後的師弟也悄悄勸道，「算了吧，師兄，不過是一隻微不足道的小狐狸，就算跑了也無礙的。」

「我們鬧得動靜是不是太大了些，還是算了吧。」

剛剛那一戰推平了小半個山頭，這裡又是官道，遠處不少往來的百姓停下車馬，正驚懼地看著此地議論紛紛。

雲玄吸了幾口氣，壓下爭強好勝之心，這次出門剿滅妖魔，師傅命他領隊，又將身邊強大的使徒賜予他驅使。他本來意氣風發，想著一路降妖除魔，高歌猛進，好在江湖上揚一揚名號，想不到才剛走出京都沒多遠，便遇到了這麼一齣，不免稍稍熄了過度膨脹的心態。

「這位道友，如今妖魔為禍人間，妳我既是同道中人，應知斬妖除魔乃我輩之己任，想必妳也不會包庇隱匿一隻小小狐妖。」雲玄對袁香兒道，「今日妳我切磋，點到為止，這便告辭。」

他一行話說完，也不管袁香兒如何反應，打馬回身，帶著一群人浩浩蕩蕩地離開。徒留大戰之後的一地狼藉。

周德運一行人這才小心翼翼地駕著馬車，從遠處靠近。

他看著山谷間倒伏的樹木、崩裂的土地、道路上成片成片的坑洞，不經咋舌，「我的小姑奶奶，這是鬧得哪一齣？」

「那些人似乎是從京都來的。」仇岳明同樣打著馬繞過來，望著那些人遠去的背影說道。

「你認得他們？」袁香兒問。

仇岳明奇怪地看了袁香兒一眼，有些不理解這位「修行」之人，為何不了解這些世人皆知的常識。

但它還是耐心地為袁香兒解釋。

當今世道人妖混雜，修習術法者眾，其間多分為顯世和避世兩類主張，以道修兩大門派「洞玄教」和「清一教」為例，洞玄教的教義講究入世修行，教弟子以斬妖除魔，保境安民為己任，為天子所尊崇，拜為國教。

而清一教深居昆侖山，避世潛修，教中的修行之士神龍見首不見尾，偶然會有事蹟流傳於民間。

「洞玄教掌教秒道真人座下弟子，才有資格穿這種重蓮紋錦繡法袍。那位雲玄真人在京都赫赫有名，我雖遠在塞外，也時有耳聞，因此我知道他們是從京都來的。」仇岳明說道。

袁香兒點點頭，她現在不關心這些喜歡炫耀還是喜歡清靜的教派，只關心背包中的小狐狸的傷勢。

她爬上周德運專門為她準備的車輛，打開背包，包中的那隻小狐狸一瘸一拐地爬了出來，「嘭」一下，變成十年前的那個小男孩。它的模樣和以前一樣，沒有任何變化，只是本來白胖胖的小臉瘦了許多，髒兮兮地掛著汙漬血痕，腦袋上垂著一雙耳朵，身後拖著一條毛茸茸的金黃色尾巴，後背上還留有半支折斷的箭羽，淚眼汪汪地看著袁香兒。

袁香兒解開它的衣物，查看它的傷勢，只見那支利箭嵌進了小小的肩膀中，看起來十分猙獰。袁香兒一手持著消毒過的刀刃，一手拿著紗布，對斷了半截的血淋淋箭矢，感到有些無從下手。

「我來吧。」南河從袁香兒手中接過箭柄，它一手按住小狐狸的後脖頸，順著箭頭，一刀準確地切開肌膚，毫不猶豫地拔出利箭，然後用塗滿傷藥的紗布緊緊按住傷口，整個過程不過花了一二秒鐘。

小狐狸一聲不吭，只是趴在袁香兒的膝蓋上，含著眼淚，噘著嘴，身後的狐狸尾巴來回掃了掃。

倒是把烏圓嚇了一大跳，它用兩隻爪子捂住眼睛，躲到袁香兒的身後不敢看。看起來確實很疼。

「你怎麼會來這裡，那些人為什麼要追你？」袁香兒摸摸可憐兮兮的小狐狸的腦袋，「對了，一直都沒有問過，你叫什麼名字？」

「我姓胡，叫三郎。香兒叫我三郎便是。」

狐狸變成的小男孩肩上纏著繃帶，披著一件外衣，坐在馬車上喝著袁香兒端給它的熱湯，說起自己這些年的遭遇，「自從阿香走了以後，沒幾年，村裡突然來了幾位法師，鬧哄哄地說村裡有許多妖精，要斬妖除魔。一開始我們還覺得很有趣，悄悄跑去圍觀，結果才知道那法師和吳道婆不一樣。」

它的鼻頭紅紅的，手上和臉上都是擦傷和泥土，頭頂上的耳朵有些低垂，金黃色的大尾巴亂糟糟的，看起來十分可憐。

「當時那個血紅的法陣亮起，當場捉住了很多小夥伴，大家被迫現出原形，被那些人按在院子裡剝掉皮毛，再也活不了了。我嚇得慌不擇路，四處奔逃，惶惶不可終日。後來一個族中的姐姐教我隱匿妖氣和變幻之術，這才變為人形，躲躲藏藏地生活了幾年，我本來已經變得很好了，甚少被人發現過。只是前日在酒肆聞著酒香，一時嘴饞偷喝少許，不小心露出尾巴，才被那位洞玄教的法師一路追趕到這裡。」

「原來那些小夥伴死了啊……」袁香兒想起童年的夥伴，心中傷感，伸手摸摸它的小腦袋寬慰道，「三郎變厲害了，都學會變化之術了呀。」

「嗯，我變給阿香看。」胡三郎頓時高興起來，一句話說完，「嘭」一聲騰起一團煙霧，煙霧消散，化為一位年輕俊逸的成年男子。

它變成男人也就算了，偏偏不好好變幻衣服，身上依舊披著那件短短的袍子，肩頭束著白色繃帶，眼角透著一抹紅痕，傾身靠向袁香兒，「香兒，妳看我變得好不好看？」

袁香兒突然直觀地理解，人類總掛在口中念叨的「狐狸精」是什麼意思。

其實小狐狸變幻的這個男人，並不見半分嬌柔女氣。反而眉目分明，身高腿長，帶著幾分溫潤清雋的氣質。可以說是巍巍若玉山之將崩，皎皎如朗月之入懷。無須刻意粉飾造作，自然從骨子裡就帶上了一種魅惑人心的氣韻。

袁香兒伸手抵住它的額頭，「不要，你給我變回來。」

胡三郎皺起眉心，露出了一點為難的神情，果然是在人間界混跡久了，它的表情做得十分到位，沒有半分生硬或是不自然，就像是真正的青年郎君。

「阿香不喜歡呀，那這樣呢？」

又一陣煙霧散去，少年郎君變為一位青春正好的少女，伸出蓮臂挽住了袁香兒的胳膊，那張面孔清純無辜，身材卻是山巒起伏，蓮臉嫩，體紅香，說不盡的風流婉轉，道不完的楚楚動人。

袁香兒伸出手指，在它的額頭彈了一下，「你這些年到底是在哪裡生活的，快給我變回原樣。」

那位少女捂住被彈痛的額頭，噘起嘴巴，先是冒出一對毛茸茸的耳朵，又從身後變出一條金黃的尾巴，隨後身軀才漸漸變小，恢復成五六歲的小男孩模樣，一臉委屈地說：「青狐姐姐都說我變得很好，時常讓我去替她唱曲子給那些來教坊的客人聽。阿香為什麼不喜歡？」

袁香兒好笑地揉了揉它的耳朵，「不要搗亂，你保持原樣就好。」

南河在車內看著他們兩個久別重逢，有說有笑，默默起身下了馬車，獨自騎上一匹馬隨車前行。

烏圓一路爬上了它的肩頭，

「南哥、南哥，你看那隻小狐狸，也太過分了，一來就黏著阿香不放。」它氣鼓鼓地在南河耳邊說話，「哼，果然是一隻狐狸精。」

車子的窗簾是拉開的，車內歡聲笑語，那隻小狐狸乖巧地趴在袁香兒身邊的椅墊上，還主動把那條金黃色的大尾巴放到袁香兒手上，尾巴尖的一簇白毛在空中擺來擺去，招搖得很，刺得南河眼睛發疼。

南河沉默地看了片刻，轉過頭來，抿住嘴不說話。

烏圓吹鬍子瞪眼，「我們應該聯合起來把它趕走，讓阿香只寵愛我，不，我是說，只寵我們兩個。」

不論它怎麼煽動，南河始終沒有說話，甚至連看都沒看它。

「南哥，你不能老是這樣，我爹說了，想要什麼東西，就必須爭取，你不爭取，那好東西肯定都被別人搶走了。」

「爭……爭取？」南河轉了轉眼眸。

天色很快暗了下來。

因為袁香兒在半路上和雲玄打了一架，耽擱了不少時間，一行人便錯過了宿頭，不得不露宿荒野。

下雪的冬季，露宿在野外可不是一件美好的事。比起白日，夜晚氣溫驟降十來度，寒風呼嘯，滴水成冰。

一行人連同跟隨前來的周家僕役，尋了個避風之處，燃起幾堆篝火，相互依靠著取暖。

袁香兒蹲在南河的身邊，「好冷啊，小南冷不冷？」

她搓著手哈氣，一條由深至淺漸變的銀白色尾巴，落在了她的手上。

袁香兒愣住了，下意識摸了兩把。

既溫暖，又柔順，還很蓬鬆。

啊，好幸福。

果然還是小南的尾巴摸起來最舒服。

「我比它好。」那個人背對著她蹲在她面前，吞吞吐吐地說著，整個人委屈得不行，腦後的耳朵也紅透了。

「南河——」袁香兒心都軟了，忍不住加了個尾音，「三郎還是小朋友，又受了傷，我們一起照顧它嘛。」

她順著毛茸茸的大尾巴擼了幾把，又捏了捏尾巴根處，好笑地看著那銀白的尾巴尖隨著她手裡的動作擺動。她捏一下，尾巴尖就跳一下，有意思得很。

仇岳明頂著寒風，披著斗篷向他們所在篝火走過來。固然他意志堅定，可這具身軀十分柔弱，已經被凍得臉色發白，聲音打顫。它努力穩住自己，對袁香兒道：「阿香，妳去車上睡。」

他們只有兩輛馬車，又小又窄，不是捨不得買好的，只是路途遙遠，山路崎嶇，寬大的馬車被卡在半道上動彈不得。仇岳明就是冷死也不願意和周德運擠在一輛車上，當然他也覺得自己不能和袁香兒同車而眠，所以打算頂著寒風，撐一個晚上。

「不用，我和南河擠在一起就行，您趕快上車吧。」袁香兒懷裡抱著一團毛茸茸的皮草，溫暖的火光投射在她笑盈盈的面孔上，「周夫人的體質不太好，要是你病倒在路上，我們還得耽擱不知道多少時日。」

仇岳明還想堅持，卻看見袁香兒身邊那位男子，突然化成一隻毛色銀白的狼，那隻體型極為龐大的野獸伸展自己的尾巴，將袁香兒整個裹進去，一雙琥珀色的眼眸，冰冷寒涼，不太高興地看了仇岳明一眼。

荒山野嶺，狐火蟲鳴，被一隻體型巨大的妖魔瞪了那麼一眼，便是身經百戰的仇岳明，心裡也忍不住打了個寒顫，只得趕緊退回去。本來抱著被褥、正要從車上下來的周德運，看到火堆後突然出現的巨大身影，嚇得連滾帶爬地回到車廂，「吧嗒」一聲關上車門，再也不敢露面了。

天狼的毛髮特別柔軟滑順，一點都不刺人，還帶著南河炙熱的體溫，袁香兒整個人陷在這樣的溫熱柔軟中，幸福到忘乎所以[9]，她雙手環住它最為柔軟的脖頸，把整張臉埋在那裡使勁揉搓，沒口子地誇讚，「哎呀，還是小南好，我家小南真的最好了。」

夜色漸濃，北風過境，溫暖搖曳的篝火邊，一隻巨大的銀白天狼蜷著身軀，安靜地伏在那裡。

9　忘乎所以：因過度興奮或是驕傲自滿，而忘記了應該有的分寸。

這樣的荒野和夜晚，是它熟悉且安心的所在。

一位少女依偎在它濃密的毛髮中睡得正香。

南河側頭看了看少女恬靜的睡顏，感到一陣心滿意足。它將自己毛茸茸的尾巴捲上來，輕輕蓋住那人的身軀，不讓任何一絲寒風侵襲她。

胡三郎和烏圓蜷在火堆的另一邊，睡在堆成窩棚的被褥內。

小狐狸悄悄問它附近的烏圓，「阿香很喜歡那隻天狼嗎？」

烏圓不滿意地看了這隻一來就企圖撼動它地位的狐狸精一眼，「哼，阿香她最喜歡的是我。她會把最好吃的食物，和最好玩的東西優先讓給我！我還有一間阿香親手做給我的屋子。如果你乖乖聽話，等回家以後，我可以勉強讓你進去玩一玩。」

天明之後，一夜未眠且損耗靈力的南河，化為一隻小小的天狼，蜷在袁香兒的懷裡補眠。

隨行的那些周家小廝和伴當，遠遠看著吊著腿坐在馬背上的那位少女，哆哆嗦嗦地不敢靠近。

雖然主家大爺一直十分推崇這位小娘子，以先生稱之，但袁香兒畢竟只是一位十六七歲的少女，一路走來又十分隨和、好說話，大家也就起不了特別的敬畏之心。

直到眾人在昨夜裡眼睜睜地看著巨大的妖魔憑空出現，護在她的身邊，只為給她遮蔽風霜，嚇得他們幾個連一口大氣都不敢喘。

今早起來一瞧，那隻巨大的魔獸不見了，可小姑娘的懷裡卻多了一隻毛色獨特的小小銀狼。

這下他們幾人不僅不敢對袁香兒有所輕慢，也對待在她身邊的那些小貓和小狐狸，都畢恭畢敬了起來。

「貓、貓大爺，胡大仙，這是您的午食。」一位僕從小心翼翼地，將兩盆按袁香兒吩咐所煮好的食物，捧到烏圓和胡三郎面前，一絲一毫都不敢怠慢，畢竟沒有人知道，要是小小的奶貓不高興了，會不會像那晚一樣，突然變成小山一般的怪物，一口將自己吞下。

烏圓紆尊降貴地舔了一口貓食，發現裡面放了不少干貝和蝦米，便滿意地拍出一條小魚乾，甩在僕從的面前。

那位僕從也不敢嫌棄，恭恭敬敬地用雙手捧著賞賜後，退回夥伴中間，淚流滿面地讓同伴看看手中的小魚乾，「大夥快看，貓大仙賞我的！」

從鄂州一路顛簸，過了信陽之後，官道終於平坦了起來，這也意味著距離繁華的京都越來越近了。

雖然只是路過，但想到能見到首都的熱鬧繁華，大家的精神都振奮了起來。

「等出了京都，渡過黃河，接下來的路會越來越難走，再也沒有先前這般安逸。」仇岳明給他們潑冷水。

周德運的臉頓時垮下來，「先前這樣都還不算難走嗎？以後還要更辛苦？」

一路的風餐露宿，這位大少爺也少不了灰頭土臉，腰痠腿疼，再也維持不了那處處精細考究，養尊處優的排場。他聽到接下來的路程更加艱難，心中不由連連叫苦。

可是看著馬背上年幼的小先生一臉泰然，身體單薄的「自家娘子」更是一路騎行探路，安排食宿，指揮有度。他這個坐在馬車中的「七尺男兒」不得不揉了揉顛簸得痠痛的屁股，將一肚子的苦水咽下去。

「阿香，到了京都我想去看望一下青狐姐姐，之前多虧它照顧我。」袁香兒身邊的車簾被掀開，露出半張少女清麗的容顏，它雙手合十，做了個拜託的姿勢，既嬌憨又可愛。

坐在另一輛馬車上的周德運，在窺見那青蔥玉手後嚇了一跳。

天啊！這是從哪裡冒出來的小娘子？這一天一個樣，心臟都要受不了了。周德運慌忙地捂住胸口，放下簾子。

「你口中的青狐姐姐，就是之前說生活在教坊中的那位狐狸姐姐嗎？」袁香兒騎在馬背上，挨著馬車的窗戶並行。她對於胡三郎之前提起過，一直混居在人群中生活的狐狸精有些好奇。

「它一直生活在京都，就沒有被人發現過嗎？天子腳下，繁華盛地，能人異士眾多，能安穩生活這麼多年，你那位姐姐倒也挺厲害的。」

「嗯，青狐姐姐在人間生活了許久，對人類的一切都很熟悉。如果不是它收留我，我可能早就死了。」

胡三郎接受了袁香兒的邀請，打算從今以後一起到闕丘鎮定居。因此它希望在進京都之後，去和自己的族人道別、報個平安。

巍巍古都遙遙在望，城門前車馬如龍，氣勢恢宏。

入得城來，但見千門萬戶，碧樹銀臺，玉樓金闕。路上行人華裾羅裙，環佩叮噹。青石大道，金環壓轡，玉輦縱橫。花街柳巷，歌姬妖嬈，王孫買笑。端得是一派繁花盛景，盛世年華。

為了節約時間，袁香兒一行沒有進入內城，只在外城尋了一個便於出入的客棧落腳休息。

周德運在小廝的服侍下要了香湯洗面，熱水燙腳，更換衣服，按腰捶腿，覺得自己終於活了過來。他在飯桌上想起一事，頗為遺憾地說道，「京都有位音律大家，人謂胡娘子，此次行事匆忙，無緣得見，也算是一大憾事。」

一路走來，因為有周德運這個紈絝子弟同行，每每經過繁華重鎮，在酒肆中用餐歇腳的時候，總要請一些當地的歌姬琴師來獻藝解乏，不論這些人技藝如何，但凡提到「京都胡娘子」都甘居其二，自愧弗如，這讓袁香兒和仇岳明這種對音律之道不算十分上心的人，都免不了有些好奇。

袁香兒便道：「既然到了京都，不如我遣店中夥計去請上一請，不記多少銀錢，到底見識一下是什麼樣的仙音妙曲？」

雖說她在生活中比較隨性，但其實家中庫房裡堆滿金山銀山，可任其花費，因而對金錢也並不在意。

「小先生有所不知，雖說這位胡娘子是位風塵中人，但想要聽得它一曲妙手仙音，卻非金銀之力可得。一天只奏一曲，不論出多少錢，只要沒有提前邀約，一律不搭理。據說邀約的請柬已經可以排到後年去了。」周德運接連嘆息，似乎真心引為憾事。

這裡正說著，一名周德運的小廝手持一封天青色的拜帖，匆匆忙忙地跑進來。

「大爺，雨師坊的胡娘子來訪，車轎已在客棧門外。」

周德運一下站起身，「什麼？你說何人來訪？當真是胡娘子？我……我怎生有這般顏面？」

他慌慌張張地向外跑，又急急退了回來，「快，快給爺整一下衣冠。蠢貨，手腳利索點！如何能讓胡大家等候，這般失了禮數。」

這裡一通收拾齊整，提著衣襬、扶著帽子往外跑。袁香兒和仇岳明也好奇地推開客棧的窗戶，果然看見酒肆門外停了一輛樸實無華的青帷小車，車上下來一位娘子，只見它丹鳳眼，柳葉眉，淡妝素服，頭上戴著昭君帽，手裡抱一琵琶。

相比教坊中妖嬈多姿的女子，它的容貌倒顯得平常，神色也十分清淡。它的身後跟下一位杏眼桃腮的姑娘，卻是女裝的胡三郎，胡三郎扶著那位娘子的胳膊，抬起頭衝袁香兒擠了擠眼睛。

於是袁香兒知道，這位胡娘子便是它口中的那位青狐姐姐。

「烏圓，你看得出來嗎？要不是三郎告訴我，還真是讓我一點端倪都看不出。」袁香兒悄悄問趴在窗口的烏圓。

「奇怪，」烏圓奇道，「我竟然也看不出來，它在我眼裡就是一個人類。我爹說過，這世上只有一類種族的變化，是真實之眼看不透的，就是狐族中的九尾狐。九尾狐世所罕見，想不到今日在這裡遇到了一隻。」

那位胡娘子在周德運熱情的迎接下，進得屋來。

它倒也不敘前事，只款款行了個禮，轉軸撥弦，先獻技一曲。

只見那玉指調雲漢，素手亂山昏，曲中有仙音，相與登飛梁。

在鄂州聽秋娘的琵琶之時，袁香兒已經覺得是一種難得的視聽享受，人妖嬈，曲玲瓏，音律至美。

但眼前素手撥冷弦，清泠的樂聲在室內蕩開後，袁香兒才終於知道什麼叫真正的人間仙樂。

那朱玉般的樂聲掉落在地面，流淌開來的時候，你根本無暇再顧及演奏者的容貌幾何。

酒肆中喧鬧的聲音頓時為之一靜。

喝得面紅耳赤的酒徒停下酒杯，突然想起家中油燈下哄著孩兒入睡的妻子。

瞇著眼睛、打著算盤的掌櫃抬起頭，記憶悠悠回到童年時沒心沒肺的放牛時光。

腰懸雁翎刀的遊俠放下緊握刀柄的手掌，掌心溫熱，憶起當年醉倒花街時的一位紅顏知己。

周德運回想起曾幾的瀟灑愜意，以及這些日子的種種苦楚，不禁舉袖掩面。

仇岳明沉默地攥住拳頭，皺緊雙眉，頰邊咬肌浮動。

就連袁香兒都隨著流淌過心田的樂聲，回憶起很久以前的模糊記憶。

在發生車禍的前一天，正巧是自己的生日。

一向十分忙碌的母親突然出現在家中的客廳，看見她下樓的時候，起身看了看自己精緻的腕錶，淡淡說了一句：「我今天有個會議，晚點一起吃個飯。」

那時候母親的嘴角明明是帶著一點笑意的，但自己卻因為對她的成見已深，根本沒有察覺，甚至還隨便找了理由，搪塞母親難得的邀約。

現在想想，單身養大自己的母親，或許只是個不善於表達感情的人，她也未必會對自己的離世無動於衷。

一隻溫熱乾燥的手掌握住了她的手，輕輕捏了捏她的手心。

南河正側著頭，有些擔心地看著她，袁香兒在那琥珀色的眼眸中看見了茫然無措的自己。

她的眼底有了溼意，這裡已然是不同時空。

我在這個世界過得很好，得到了師傅和師娘的關愛，也有了不少朋友，您在那邊也不必為我傷心難過了。

琵琶聲不知道什麼時候停下了，餘韻悠悠，眾人久久難從滿腹愁懷中抽離。

周德運一面抹淚，一面鼓掌，「良質美手，遇今世兮；紛綸翕響，冠眾藝兮；聞君一曲，死而無憾兮。」

胡娘子收起琵琶，起身禮謝。

它抬起眼眸看向袁香兒，「我和這位小娘子一見如故，不知可否勞煩相送一程？」

袁香兒知道它大概是想說說三郎的事，便點點頭留下了周德運和仇岳明，送它出去。

兩人也不乘坐車轎，就沿著人來人往的大街向前走。

「我單名一個青字，妳可以叫我阿青。」胡娘子率先開口，「聽三郎說，它要和一個人類住在一起，我心中十分不放心，執意要來瞧一瞧，倒是讓妳見笑了。」

袁香兒覺得它說得很有道理，畢竟這些小妖精都有些傻乎乎的，它大概是不同意三郎和一個不知底細的人類離開。

「只是這麼看一眼，妳就放心了？」

「我和三郎它們不同，我在人間住得太久，對你們人類十分了解，自有一套識人之道。」

「何況我還看到了妳的這位使徒。很少有人會養這樣小的山貓做使徒，還養得如此珠圓玉潤的。」阿青看了袁香兒肩上的烏圓一眼，輕輕地笑了，「人類的法師可能只會奪取它的真實之眼，煉為法器。妖魔大多時候對人類來說，只是可以利用的工具，和能夠隨意殺死的敵人。」

她又向著袁香兒身邊的南河輕輕頷首，「天狼族最是心性高傲，連它都願意和妳同行，我就更沒什麼好擔心的。」

烏圓不高興地喵了一聲，「無知的九尾狐，本大爺的厲害之處妳根本毫無所知。」

胡三郎從一旁探過腦袋來，衝著它做了個鬼臉。

袁香兒安撫地撓了撓烏圓的下巴，「是的，是的，阿青它不熟悉烏圓，所以不知道我們烏圓的好。」

阿青也轉頭交代三郎，「闕丘鎮靠近天狼山，靈氣充沛，安逸舒適，確實比待在我身邊要好許多。但你既然要生活在人類的世界，就要多多收斂我族的習性，別給阿香添太多麻煩才是。」

他們一路聊了不少關於三郎的過往，不由有些熟稔了起來。

「阿青，妳好像不太喜歡人類，那為什麼還要一直居住在人類的城市裡呢？」袁香兒問。

那位青狐娘子垂下眼睫，沉默地走了很長一段路，在袁香兒以為它不會想要回答這個問題的時候，它才停下腳步，抬起脖頸看著遠處的青山開口，「曾經，我居住的地方有一座很美的山林，山裡生機盎然，溪水潺潺。那裡居住著一位力量強大的大人，那位大人特別溫柔，長長久久地守護著一方生靈，便是生活在那裡的人類都將它奉為神靈，為它修築廟宇，香火供奉。」它回憶起往事，細細的眉眼變得溫柔，帶上了一絲幸福的笑容，抬起袖子掩住口唇，「我那時還是一隻不懂事的小狐狸，時常溜出家門，發生危險，幾次三番都是那位大人救了我的性命。」

「可是有一天，出現了一位十分厲害的法師，他拆毀廟宇，驅趕我們離開，連那位大人都不是他的對手，反而被他……被他鎖在法陣中，強制契為使徒。」阿青露出了悲傷的神色，「我也沒有能力幫助那位大人，所以只能想辦法混居在人類的城鎮裡，離那位大人近一些，希望能偶爾讓它聽到我的琴音，好排解一點身心的痛苦。」

它抱著琵琶，站在雪地裡，細細的眉眼間滿是落寞。

袁香兒在這一刻突然明白，它的琴音為什麼能勾起人們對往日的回憶，只因演奏者心中深切的懷念和思慕，從它的弦樂中流逝出來，引起了聽者的共鳴。

「是什麼樣的人？」袁香兒忍不住詢問。

「瞧我，還說三郎呢。」阿青急忙收斂情緒，勉強笑笑，「我今天是怎麼了，這不是妳一個小姑娘能夠過問的事。京都這裡臥虎藏龍，複雜得很，你們停留一個晚上，

第八章 過往

袁香兒一行人在客棧住了一夜，第二天起了個大早，收拾行裝準備繼續北上。

走出客棧大門，門外寶馬香車，旗幟昭昭，兩排鮮衣華服的侍從恭恭敬敬地在那裡等著。

之前在半路上打過一架的雲玄，白袍素冠，玉帶雕裘，站在隊伍的最前方。

「快看，是雲玄真人。」

「雲玄真人，哪裡，在哪裡？」

「今日出門竟能遇見雲玄真人，何其幸哉，今天一定是個好日子。」

路上的行人紛紛側目，酒肆客棧裡的客人也一一推開窗子，探出頭來，不論男女，個個興奮不已。

雲玄看見袁香兒出來，面上有些不自然，但還是迅速穩住了氣勢，斯文有禮地上前行了個平輩之間的道禮。

「這位道友，吾奉家師之命，特來相請，邀約入仙樂宮一見。」

袁香兒先前不過是裝傻，並非真正的不諳世事，洞玄教掌教，妙道真人的名諱，她還是有聽過的，雖然不明白這位國師大人為什麼邀請自己去洞玄教的仙樂宮。但既然人家是客客氣氣地邀請，她當然也禮貌地謝絕。

她回了一禮道：「國師大人邀請，真是讓我十分榮幸。只可惜我們還要趕路，還請道友轉達，待下回來京都，必定上門拜會尊師。」

雲玄面色變了變，師尊在他的心目中是天人一般的存在，即便是天子都得恭恭敬敬地以師禮待之。他不敢相信竟然有人敢不應師尊的召喚。

但他好歹還記得師傅的交代，壓了壓火氣，靠近袁香兒小聲說了句，「師尊說了，他是余瑤的故人，所以想見妳一面。」

袁香兒瞬間抬起頭。

仙樂宮內。

國師妙道真人所居住的宮殿地勢很高，從那裡可以看見整個京都。

妙道真人蒙著雙眼，身披法袍，站在窗邊，用那雙看不見的眼睛遠眺人間盛景。

「你也覺得是鯤鵬的雙魚陣嗎？」他從窗邊轉過頭來問道。

在他身後的不遠處，站著兩位身形高大的使徒。其一膚色蒼白，長髮及地，身上貫穿著沉重的鎖鏈，正是不久之前和南河交過手的渡朔。

另一人額心長有一角，古銅色的肌膚上布滿紅色的怪異紋路，名為皓翰。

渡朔輕哼了一聲，沒有說話，但也沒有否認。

「我聽雲玄提起的時候，還以為他年輕，所以看錯了。」妙道真人坐回他的座位，舉袖拂了一下擺在面前的白玉盤，白玉盤上的煙霧散開，現出一片浩瀚而平靜的海面。

「想不到他把這個保命的技能留給了人類的孩子。」妙道低頭凝望那片海域，自言自語地輕輕說道，「或許，鯤鵬他是真的喜歡人類。」

「現在覺得內疚了嗎？」渡朔嘲諷道，「即便是像你這樣的人，也會有覺得對不起人的時候？」

「渡朔。」皓翰淡金色的瞳孔轉了過來，不贊同地搖搖頭，「別這樣和主人說話，平白自討苦吃。」

妙道卻像是沒有聽見似的，只是靜靜地面對著眼前的白玉盤，白玉盤上顯現的海水始終蔚藍一片，藍寶石一般的海面下隱藏著無人知曉的世界。

妙道看了許久，神色有些寂寞，「生而為人，又怎麼會沒有愧疚的時候呢？可惜大道無情，為了追尋我輩之道，不得不割捨太多東西。」

他一拂袖，「去吧，那個孩子來了，去幫我帶她進來。」

袁香兒坐著馬車來到仙樂宮，只見層層廟宇繪棟雕樓，珠翠交輝，香花燈燭，幢幡寶蓋，仙樂飄飄。果然有國教之風。

國師妙道真人所在的宮殿地勢最高，順著蒼松老檜一路走上臺階，來到一塊紫石鋪就的廣場，廣場四周豎立孟章神君、監兵神君、陵光神君、執明神君，既青龍、白虎、朱雀、玄武四像神君的半人形石像。

廣場後松柏林立，其間有著一座氣勢恢宏的寶殿。

朱紅大門外的臺階上，站著一位面色青白，薄唇墨黑，帶著一身枷鎖的妖魔。

「走吧，跟我進去，他要見妳。」渡朔淡淡地看了袁香兒一眼，轉身率先入內。

南河拉住袁香兒，不贊同地搖搖頭，「別去了，我感覺到裡面有個十分強大的存在，我們不是他的對手。」

袁香兒握緊它的手：「這是我第一次得到師傅的消息，我很想去。何況，如果他們真的要對我們不利，也沒必要特意把我們引到這裡，難道他不能出來嗎？」

南河遲疑了一瞬後鬆開手，跟著袁香兒一起往內走。在穿過那扇大門的時候，空氣似乎凝滯了一下，發出微微一聲細響。袁香兒穿進去，而南河和烏圓卻被擋在門外。

袁香兒回頭看時，大門處迷濛一片，已經看不見門外的景象。

她的腦海中響起了烏圓焦急的聲音，『阿香，阿香，妳怎麼樣？我們進不去，被擋在外面了，這些人實在是太狡猾了！』

「沒有國師的允許，任何妖魔都是進不來的。」渡朔停下腳步等她，目光冰涼且沒有溫度，「不必擔心，若是真要對付妳，還犯不著使這些手段。」

袁香兒想了想，對烏圓說道，『我沒事，你和南河在外面等我就行。』

她跟在渡朔的身後，走在一條長長的走廊上，走道兩側是高大的朱漆紅柱，柱子底下的柱礎非尋常人間常見的吉祥圖案，而是雕刻著一隻栩栩如生的妖魔。

一路走來，那些妖魔或是張牙舞爪，追著人類吞噬；或是被壓在紅柱之下，不得翻身。太陽的光影從紅柱的間隙打進來，在地面上投下一格格明暗交接的光斑。

渡朔赤著蒼白的雙腳，緩緩走在袁香兒前面，腳踝上粗大的鐐銬一路發出冰冷的聲響。

袁香兒看著那穿透身軀的鐵鍊，忍不住問道，「你這樣疼不疼？」

渡朔側過半張蒼白的臉，細細的眉目轉了過來，

「人類給牛穿上鼻環，驅使牠們犁地的時候，會考慮牠疼不疼嗎？給馬套上籠頭，讓牠們拉車的時候，有考慮牠疼不疼嗎？階下之囚，為奴為僕，還管什麼痛不痛苦。」

袁香兒看著它那細長而清冷的眉目，突然覺得和一個人十分相像。

她想起烏圓說過的一句話：我們妖魔第一次化形的時候，經常會依照自己最親近或

最喜歡的人相似的模樣去變化。從今以後，這個相貌就固定為本形了。

「請等一下，」袁香兒問，「請問你認不認識一位叫做『阿青』的姑娘？」

鋃鐺作響的腳步聲突然停住了。那個長髮及地的背影沒有回頭，停頓片刻後，又重新走了起來。

袁香兒知道自己有可能猜對了。

「阿青很擔心你，這麼多年以來，它一直住在這座城市，」袁香兒加快腳步，跟在它的身邊輕輕說道，「它常常彈琴，希望能讓你聽見它的琴聲，也不知道你這些年有沒有聽見。」

袁香兒知道自己眼下可能做不了什麼，但既然遇見了，至少轉達一下阿青的心意，省卻它幾十年如一日，在京都之中演奏著琵琶，而這位被關在深宮中的使徒，或許根本無從得知。

渡朔一句話都沒有說，冰冷的面容上看不見絲毫表情的變化，它把袁香兒帶到一間休息起居用的偏殿之外，在推開門之前，突然低聲說了一句，「他不是什麼好人，以後別再到這裡來。」

袁香兒跨入殿中，殿中的光線不是特別明亮，靠窗的位置有一個矮榻，一位身披山水袖帔，頭戴法冠，面上束著一條印有密宗符文青緞的法師，正歪著身體，坐在榻上的蒲團上。他面向著架在身邊的巨大白玉盤，直到袁香兒進得殿來，方才抬起臉。他的身後有著一位魁梧而精悍的妖魔，額心長著尖角，金色的瞳孔，身上還流動著暗紅的符紋。

袁香兒知道這位就是傳說中的妙道真人了，她站定之後，叉手持晚輩禮。

「坐吧，我和妳的師傅余瑤是朋友，妳無需拘束，叫妳來不過是想見見故人之後而已。」妙道真人微抬了抬手臂，他肌膚白皙，身形消瘦，有幾分弱質彬彬的模樣，並沒有威震天下第一大派掌教的氣勢。

他的話音落下，便有一道童將蒲團端來，還把案桌擺在了袁香兒的面前，並奉上一盞香茗。

袁香兒在那張蒲團上坐下，「您怎麼知道我是師傅的徒弟？」

妙道真人笑了，「我的徒弟雲玄說，妳小小年紀，就能靈犀一點，指空書符了。施法之隨性自然，幾乎就和自然先生一脈相承，不是他的徒弟還能是誰的？據我所知，他沒有女兒，何況，他還把自己護身保命的雙魚陣留給了妳。」

「那麼您……知道我師傅去了哪裡嗎？」

這是袁香兒最想知道，也是她甘願冒險進來這裡的原因。

妙道臉上的笑容停滯了，過了片刻方才輕輕說道，「既然他不願意告訴妳和他的妻子，我又怎麼好違背他這麼一點心願，做這樣的惡人呢？」

他止住了袁香兒的追問，「我和余瑤相交一場，也算是你的長輩，既然他離開了，將來妳在修行的時候，若有不明之事，或短缺些什麼，可來尋我。」

隨後他抬了抬手，又一道童入內，將手中的楠木托盤擺在袁香兒的面前。數塊美玉整整齊齊地擺在上頭，塊塊通透起光，瑩碧溫潤，充沛的靈氣縈繞其間。

「這是一點見面禮。」

袁香兒只得起身謝過，「若是說到修行上的疑惑，晚輩確有一迷茫之處。」

妙道真人點頭示意她繼續說。

袁香兒從懷中取出幾張薄紙，上面零零碎碎，畫滿了一種法陣。

「我想改一下契約使徒的法陣，一直不得其所，難以成功。」袁香兒看著眼前人人敬畏的國師說道。

她從洞玄教教徒們對待妖魔的態度可以看出，這位國師對待妖魔的態度可能十分不友好，但她依舊想試探一下他的反應。

「哦，小小年紀就想改動法陣？要知道，改法陣可不是一件容易的事。許多人專攻一輩子的法陣之道，也無法改動，或是研究出一個新的法陣。」妙道真人帶著點好奇，「說說看，妳想怎麼改那個法陣？是想增加契約成功的容易度，還是加強結契之後對妖魔的控制。」

「我想消除控制和懲處的作用，只留下溝通和彼此感知的效果，讓這個法陣成為一個平等的契約。」袁香兒清晰地說出自己的訴求。

這下不僅是妙道真人愣住了，就連站在他身後的皓翰，和站在門口的渡朔都忍不住看了袁香兒一眼。

「可是，沒有了約束和控制的作用，這個契約還能有什麼用處？」妙道不解地問。

「沒有了控制和折磨，還有溝通和相守。我們和妖魔的關係，不一定只有彼此壓制奴役，有時候也能像朋友一樣相處。」袁香兒看了門外的渡朔一眼，「無端囚禁和折磨那些和我們人類一樣，擁有智慧和情感的生命，難道不是一種野蠻且殘忍的行為嗎？」

妙道真人露出一種忍俊不禁的神情，幾乎是轉頭掩了一下臉才忍住，沒有當場笑出聲來。

「妳這個孩子，想法也太幼稚了。」

袁香兒並不因為他誇張的嘲笑而露怯，只是平靜地看著他。她對妙道持晚輩禮，其實並不覺自己的年紀比他幼小。相應的，經過短短兩次接觸，她心裡十分不滿洞玄教無端肆意掠殺妖魔的行為。

「行，妳把法陣畫出來給我看，我幫妳改。改成以後，妳馬上就會知道，沒有束縛的話，妳根本驅使不動妳的使徒。」

妙道真人就像一位在遷就固執孩子的長輩，口氣不是認同，而是縱容。

袁香兒用手指沾了一下杯中的茶水，在案桌上畫起她構想了很久的法陣。

一絲絲靈氣順著她的指尖流轉，即便他目不能視物，也能透過感知，體會到法陣的模樣。

「咦，這個法陣？」他慢慢坐起一直斜歪在榻上的身軀。

原來，之前看到的那兩次結契，都是她。

我原以為，余瑤是妖族，所以才能同自己的使徒和睦相處，想不到這個小姑娘也能做到，真不愧是余瑤的徒弟，竟然連性情和習慣都和那位一模一樣。

袁香兒畫完法陣，指著一個關竅之處，抬起頭來看他，「不論我怎麼修改，總是差了這麼一點不能通順。我真的想改出這個法陣，還請前輩指點一二。」

妙道慢慢地從矮榻上站起身來，走到袁香兒的面前，「袁香兒，妳可能從小都跟在妳師傅身邊，沒有見識過妖魔的殘酷之處。」

他領著袁香兒來到大殿的一側，這裡的牆壁上繪製著長長一卷古老的壁畫，繪者的筆力深厚，卷中一切景致生靈，無不繪製得栩栩如生。

昏暗的陽光打在其上，有如存在於另一個時空的景象。

那裡有猙獰恐怖的巨大魔物，它們肆意噴出火焰和洪水，山崩地裂，人類的家園因此毀壞，螻蟻般的人類在妖魔的爪牙下苦苦掙扎，而畫卷的一角，無數修習了術法的能人異士，手持寶器，正同妖魔殊死搏鬥，相互抗衡。

妙道真人在壁畫前緩緩踱步，手指輕輕摸過壁畫，「在妳還沒有出生的那個年代，人妖混居，世道艱難。我們人類於妖魔而言，就如螻蟻一般，是可以肆意虐殺的存在。如今天佑人族，靈界遠離，人間不復是妖魔的天下，我輩才得以安居樂業，坐享朗朗乾坤。」

「而妳竟然想和那些妖魔平等相處？」他伸手扯住身後皓翰的長髮，將它的腦袋拉低，掰轉它的面容，尖角，豎瞳，牙齒鋒利，「這樣的怪物，曾是我們人類的天敵，妳竟然覺得自己能和它們成為朋友？」

「我師傅也是妖魔，你為什麼稱他為你的朋友？難道都是騙我的？」袁香兒打斷他的話，「所以您認為，現在該換我們折磨虐待妖魔了？不分好壞，一概清剿？明明大部分的妖魔性格平和，很好相處，就非要彼此殺戮，將兩族結下血海深仇，永世不解嗎？」

妙道將臉轉向袁香兒，低頭看著她。他的面孔上蒙著青色的絹布，袁香兒只能看見那絹布上的符文，看不清他的神情。

她知道這位高高在上的國師可能聽不得反駁的話語，但她並不想退讓，這已經是她最禮貌的一種說法。

過了片刻，妙道才抬起手指，遙遙向著袁香兒所繪製的法陣輕輕一點，一點靈光落進桌面的法陣上，那個袁香兒畫了無數遍，難以改造成功的結契法陣，瞬間運轉自如了起來。

「看在余瑤的分上，我就指點妳這麼一次。妳想將這些殘忍恐怖的東西當作朋友也罷，希望妳將來不要因此而後悔。」

遠處傳來「轟」的一聲巨響，屋頂和牆壁都跟著簌簌向下掉落塵埃。

「有人企圖破陣，四像神君的法陣居然沒能攔住。」皓翰抬頭看了天空一眼，身影驟然消失。

袁香兒突然感覺到懷中的一道符籙滾燙了起來，她伸手摸出來一看，是自己曾經留給南河、僅剩下一次功效的通訊符。

袁香兒拿起符籙，那符籙上的靈力正在高速流轉，熱得幾乎要燃燒起來，其間還傳來南河斷斷續續的呼喊聲。

『香……阿香……妳在哪裡？』

大殿外的天空破開了兩個圓形的缺口，裡面落下的不再是細細的星輝，而是一顆顆拖著長長尾巴，熊熊燃燒的隕石。巨大的隕石攜著獵獵凶光，衝著護住宮殿的法陣砸下。

「這是國師的起居之處，有隔絕一切外物相互溝通的法陣，妳的使徒和妳那隻小狼聯繫不上妳，就瘋成這樣了。」站立在殿門外的渡朔看著不斷落下的火球，開口提醒。

「什、什麼？這裡收不到通訊？」袁香兒這才想起，已經有很長一段時間沒有和烏圓聯繫，也沒收到烏圓的消息了。

她甚至顧不上和妙道真人打招呼，直接提著裙襬，撒腿向外跑去。

她一路跑，一路聯繫上烏圓，『烏圓、烏圓，我沒事，這就出來了，你們別急！』

腦海中立刻傳來烏圓哭哭啼啼的聲音，『阿香，嗚嗚，妳怎麼才回話啊，我和南哥都快急死了！』

袁香兒氣喘吁吁地衝出那道大門，門外那塊平整的廣場早已一片狼藉，駐立在四角的四象石雕也毀壞了一座。皓翰蹲在另一座石像頂上，背後露出一條金燦燦的老虎尾巴，身上暗紅色的紋路流轉起來，正帶著一點嗜血的興奮盯著眼前的南河。

而南河——

袁香兒從未見過這樣的南河。

暴戾，狠絕，殺氣沖天，不顧一切。

它面色猙獰地一把抹掉嘴角的血，就要對著皓翰衝上去。

「小南！」

袁香兒及時叫住它。

「我沒事，南河，我一點事都沒有。」袁香兒踩著大門外的臺階，向南河一路跑去，「我出來了。」

然後她落進了一個滾燙的懷抱，一雙有力的手臂箍住了自己。

「沒事就好，別怕，不用害怕。」南河的聲音在耳邊迴盪。

那圈住自己的手臂微微顫抖，它明明在害怕，卻喊她別怕。

「我們結契吧，阿香，馬上就結。這樣我在任何時候，都可以找到妳。」

它炙熱的呼氣埋在袁香兒的肩頭。

袁香兒伸手撫著它的脊背，「好的，馬上就結契。我終於學會了，給你一個平等的契約。」

看著袁香兒等人遠走的背影，皓翰蹲在白虎的雕像上，眼眸裡還燃著未褪的金光。

「挺厲害的嘛，陵光神君的像都被它毀了。」它瞇了瞇眼睛，「沒打成，可惜了，如今想找一隻天狼幹架，可不容易。」

「都還沒渡完離骸期的小狼，即便是贏了也沒什麼光彩。」站立在一旁的渡朔淡淡地回了一句。

皓翰扭過頭來看它，把它來回打量了半天，「我怎麼覺得，你對這個小姑娘有些不一樣。」皓翰收回尾巴和利爪，變回人形，「之前只要和人類有關的事，你從來都是不聞不問，絕不會多說半句。但我剛剛聽見了，你在提醒她，提醒她在主人發怒之前，出來攔住自己的使徒，對不對？」

渡朔沒有搭理，它迎風站在高高的臺階上，視線貌似不經意地落在山腳下那一片片鱗次櫛比的屋脊上。

「你是不是覺得那個人族的小姑娘有些特別？竟然會有不想占便宜的人類，她還敢為此頂撞國師，我也被她的言談嚇了一跳。唉，這個年紀的人類還單純著，等她再長幾年就會變了，很快就會和洞玄教的那些人差不多了。」

皓翰不需要渡朔回應，似乎已經習慣自說自話了，「我好像又聽見琵琶聲了，真好聽，這麼遠都傳得上來。」

「找機會勸一勸吧，」它那金色的瞳孔順著渡朔的視線，一起落到山腳下，「那隻小狐狸總是離得這麼近，太危險了，萬一被主人發現，它就完了。」

空氣裡傳來鐵鍊碰撞的輕響。

渡朔閉上雙眼，說了半句話，「我若是勸得動……」

袁香兒和南河並駕齊行，走在回去的路上。

想起剛剛那一幕，袁香兒還心有餘悸。

「你們也太衝動了，那個地方可是洞玄教的總壇，隨便出來一位都是大拿[10]。烏圓，你感受不到我的處境還算安全嗎？」

使徒和主人之間，也能感應到對方的境況是否危險。

「我……我勸過南哥不要衝動的，我說我感覺到妳沒有危險，可它不聽我的。」烏圓附在袁香兒耳邊小聲說，它邊說邊心虛地瞄了南河好幾眼，希望南河不要揭穿它。

它是不可能承認的，自從聯繫不上袁香兒，它頓時就慌了，比誰都要激動，一個勁兒地上竄下跳，「南哥加油，砸他娘的，我們衝進去把阿香救出來！」

「幸好只是損壞了一座石雕，人家沒說什麼。萬一把屋頂砸穿了，大概得揪著我們賠不少錢，哈哈。」袁香兒打趣道，故意淡化了砸壞仙樂宮有可能發生的恐怖結果。

南河走在她身側，一言不發，面無表情，彷彿剛剛用盡全力抱住袁香兒，且微微發抖的人不是它。

10 大拿：掌握大權之人。

袁香兒意識到它不太高興，它還在後怕。

她打馬趕上兩步，探過腦袋哄南河，「結契，結契，我們回去就結，你以後隨時都能知道我安不安全。」

南河雙腿一夾馬腹，策馬跑了，把他們遠遠甩在身後。

即便如此，袁香兒也及時看見了它嘴角勾起的一抹笑意。

袁香兒看著跑在前面的那道背影，它的腰線緊實，雙腿修長，騎馬的動作顯得特別有味道。

她不由回想起剛剛被那個人摟進懷中的感覺，胸口頓時有種暖暖的東西滿上來、溢出去，就像熬在鍋裡的桂花糖，濃稠的糖漿溢了一地，空氣裡布滿甜香。

知道自己被愛著、被關心著的感覺真好。

總是泡在這樣的溫暖和幸福中，就連上輩子那顆尖銳的心，都在不知不覺間變得柔軟。

曾經一直怨恨著的母親，如今回想起來，也終於能從不同角度，看到母親星星點點流露出的溫柔。

袁香兒感謝上天能給自己重活一次的機會，讓自己遇到這麼多可愛的靈魂，並且被它們所愛。

她也深深喜歡著它們，喜歡著這個世界。

神樂宮內，站立在世界頂端的國師背著雙手，面對著眼前的壁畫。

寢殿裡空蕩蕩的，弟子們沒有宣召不敢入內，隱藏在暗處的使徒懼怕且怨恨著它，絕不會主動出現。

几案上那個用茶水畫成的法陣，已經隨著水分的乾涸而消散，不再出現在他的腦海中。

他的眼中，應該說他感知的視線裡，只有眼前的那幅壁畫。

絲絲縷縷的靈氣構成的人物和妖魔，清晰地出現在他的腦海中，沒有牆壁的束縛，那些線條在跳動變化著，彷佛另一個時空中活生生的世界。

在畫卷的一角，一隻體型巨大的九尾妖狐仰天長嘯，九條長長的尾巴如盤蛇懸天，將入侵領地挑戰它權威的法師們，一個個拍成肉泥。

一個年輕的小道士跌坐在角落裡，水墨線條勾勒出他驚慌失措的面部表情，他的臉上掛滿了鼻涕和眼淚，眼睜睜地看著那隻妖魔把自己最為崇敬的師傅、愛戴的師兄，一個接著一個地吞進肚子裡。

從那尖利的牙齒和腥臭的大嘴中流淌下來的紅色，令他驚懼，膽寒，在他的心中刻下了永世不滅的仇恨。

那個單線條繪成的小人，跌跌撞撞地滾落山崖，從狐妖的腳下僥倖逃脫。

他形容狼狽，滿腹悲憤，跪在山林間發誓此生以殺證道，殺盡世間妖魔。

失去了師門和同伴，孤獨的小道士伶仃行走在畫卷中，不知道摔倒了多少次，受了多少次傷，直到他一身疲憊地倒在一顆梨樹下。

「喂，你怎麼了？」梨樹上坐著一個由靈墨繪製成的小人，那小人的手中拋接著一枚黃澄澄的秋梨，「你是不是餓了，這個梨子給你吧。」

「別愁眉苦臉的，現在是秋天，豐收的季節，食物都很好吃，應該高興一點。」

「站得起來嗎？我帶你去我家吧，我妻子做的飯很好吃。」

他在豐收的季節收穫了餘生唯一的友誼。

兩個小人成為了最好的朋友。

每隔一段時日，畫卷中的小道士總會回到梨樹附近的小屋，而他的朋友會在那裡燙上兩壺小酒，等他來陪自己把酒言歡，徹夜長談。

只有這個時候，殺氣騰騰的小道士才能短暫放下心中的大石，遺忘殺戮帶來的滿身疲憊。

靈氣構成的畫面越變越快，小道士觸怒了一隻強大的妖王，水墨線條的小人在山巔間一路狂奔，在大川中流亡，終於避無可避，倒在妖魔的利爪之下。

就在這個時候，他的朋友出現在他的身前，那些構成身體的線條扭轉，化為一隻大魚來趕走妖魔，救下他的性命。

「你竟然是妖魔。」小道士撐著身體爬起來，將劍尖遙指向自己唯一的朋友。他的手顫抖得幾乎握不住劍柄。

他沒想到自己最好的朋友，竟然是令人痛恨的妖魔。

「嗯，我是妖魔，但也是你的朋友。難道人和妖之間就不能成為朋友嗎？」

那人背對藍天和晚霞，衝著他微笑，向他伸出手。而他卻丟下劍柄，落荒而逃。

壁畫前的妙道伸手按住自己眼前的青緞。

素來穩健的手指止不住地顫抖。

「不，沒有原諒，也沒有朋友。我的世界只有殺戮。殺戮，才是唯一的道。」

太陽不知何時落下山頂，沒有他的傳喚，沒人敢進來掌燈，屋內的世界徒留一片昏暗。

第四咒〈仇岳明〉

第九章　情愫

卻說袁香兒一行人出了京都城，渡過黃河，取道向北。

因為擔心再生事端，從仙樂宮出來以後，他們一路走得很急，錯過了宿頭，只好在沿途的一家莊院投宿。

周德運的伴當敲開了院門，應門的婆子開門一看，連連搖頭，「不成，不成，這許多人如何住得下，白白帶累我被主家的責罵。」

正要闔上門時，一隻手臂擋在了門楣上，一位少年郎君眉眼彎彎地衝著她笑，「大娘行個方便，只怪我們貪行了半日，錯過宿頭，這裡前後都是亂山，叫我們無處歇腳。」

那位剛剛和丈夫吵過架、正在生悶氣的婆子，莫名覺得自己心情變好了。她突然換了張面孔，笑咪咪地說：「也是，誰出門在外都不容易，你們且等著，我去和主家說一聲便是。」

胡三郎斯斯文文地叉手行禮，「多勞大娘費心。」

「沒事，沒事。我家主人素來好客，一准能同意。等會兒就帶你們去客房，再給你們燒點熱水，讓你們好好解解乏。」那婆子一面說著，一面高高興興地進屋去了。

烏圓蹲在袁香兒的肩上，「看吧，這就是狐族的天賦能力，魅惑之力。對人類尤其管用。看來讓三郎跟著，也不是一點用處都沒有嘛。」

他們很快被安排進了舒適的客房，袁香兒這才有機會嘗試繪製新的結契法陣。

她持符筆沾朱砂在地面試畫了一個，法陣靈光流轉，渾然天成。

「原來只差這麼一點，整個法陣就通了啊。」袁香兒看著地面的法陣後摸摸下巴，「枉費我揣摩了那麼久，都沒能想通，人家卻一眼就能看出訣竅所在，不愧是前輩啊。」

「可是阿香，妳真的要和我們結這樣的契約嗎？」烏圓蹲在一旁看著袁香兒畫陣圖。

「怎麼了？不好嗎？」

「對我們來說當然很好啊。」烏圓歪著腦袋說道，「可是這樣妳以後就不能控制使徒了啊，萬一遇到不聽妳命令的妖魔該怎麼辦？」

袁香兒刮了一下它的小鼻子，「我又不像那位國師和那些法師、道人一樣，要靠斬除妖魔，比鬥術法吃飯。我拿那麼多言聽計從的使徒來幹嘛？」

「不願意的，無論大小妖怪，我都不想把它們捆在身邊。就我們幾個互相喜歡的朋友，高高興興地住在一起，不就好了嗎？」

「妳真的是這樣想的嗎？阿香。可是我爹它說，」烏圓難得懷疑起父親說過的話，「我爹說，人類是不可能真正喜歡妖魔的，我們和人類永遠都不可能共存在同一個世界，人類只會把妖魔當作，當作……」

「當作可以隨便利用的工具，和可以肆意殺死的敵人。」三郎出現在門邊，接下了烏圓說不出口的話。它還是少年郎君的模樣，斜倚著門框，漂亮的眼睛有些落寞，「其實我很喜歡人類，可惜他們很討厭我們。」

它很快變回頂著耳朵和狐狸尾巴的小男孩，彷彿想明白了什麼，伸出一隻手指，「但阿香和其他人類不一樣，阿香從小就和我們玩在一起，我覺得她會喜歡我們的。等南河結完契約，我也要做阿香的使徒。」

袁香兒擺好法陣，先抓了一隻從莊院裡借來的母雞，放在法陣中，運轉了法陣。不多時，腦海中傳來一種奇特卻可以理解的想法，『我晚上要下一個蛋，明天還要再下一個。』母雞對袁香兒說。

袁香兒把母雞媽媽抱出來，摸摸牠後背的羽毛。又將一隻普通的花貓放進法陣中。

『隔壁屋裡的母貓好漂亮，一會兒我要去找牠求歡，快點讓我離開。』

袁香兒哈哈大笑，解除了兩隻普通小動物的契約，放牠們離開。

「成了，沒有問題了。」

她轉頭向南河招手，滿臉是藏都藏不住的歡喜，「南河，來。」

從第一次見到南河就滿心喜歡，小小的一團銀白色，柔軟又漂亮，當時就那麼想要將它契為使徒，把它留在身邊。如今兜兜轉轉，彼此之間更為了解和喜愛，能夠絲毫沒有芥蒂地締結契約，袁香兒覺得興奮又歡喜。

南河伸手解下束髮的冠帽，一頭長髮旖旎垂落。它翻手拔出一柄隨身攜帶的短刃，割斷一縷銀光閃閃的長髮。

隨後，它持起袁香兒的手，將那縷髮絲鄭重地放在她的手心，抬起琥珀色的眼眸看她。

袁香兒握著那一縷銀髮，那裡有一種細微的觸感，直直鑽進手心的肌膚，勾動了神經，觸得她心尖發麻。

她慌忙地收斂心神，布置好法陣，看著坐在法陣中的那個人，最後再小心地詢問一次，「確定同意了嗎？」

那人輕輕地點了一下頭。

袁香兒凝神運轉法陣，溝通天地之力，天地間的靈力順著符文開始匯聚，流轉。

「我早就同意了。」

這句話響起的時候，袁香兒頓時無法分辨自己是用耳朵聽到的，還是用意念感知的。

直到那聲音接二連三地在腦中直接響起。

『很早以前，我就一直想對妳說，我同意了。』

『不論妳能活多久，不論妳要結多少位使徒，我都是妳的了。』

袁香兒愣住了，她看著坐在瑩瑩起光的陣盤中的那個男人。

星輝流轉的銀色長髮，清澈如水的眼眸，完美的鼻梁，瀲灩的雙唇。

真想親它一下。

袁香兒的腦海中鬼使神差地轉過這個念頭。

糟糕，我沒把這句話傳遞過去吧？

她難得漲紅了面孔。

袁香兒手忙腳亂地掐斷和南河之間的聯繫，自我暗示八百遍，終於勉強相信自己剛才沒有忙中出錯，將那些亂七八糟的念頭傳遞到南河的腦海中。

她小心地把壓在陣眼處的銀色長髮收起來，放進了隨身的荷包裡。她不好意思抬頭看南河的表情，在她的視線裡，只有一條銀白色的大尾巴，尾巴尖微微抬起，細細的絨毛在空中來回掃動，掃得她心裡酥酥癢癢的。

夜深人靜之時，袁香兒獨自睡在客房的床榻上，興奮得有些睡不著。

她可以感知到，南河正蹲在她頭頂上方的屋頂。

小南怎麼還不下來？到底在磨蹭些什麼？

袁香兒在床上滾了兩圈，把那一縷銀色的長髮翻出來，舉在眼前看了一會兒。

好漂亮。

一絲一縷都流轉著星輝月華，捏在指腹中，涼絲絲、滑膩膩的。袁香兒將它們理順，繫住了一端，編成一小條細細的麻花辮。編好後仔細一看，大概是因為在床上滾了半天，銀絲中似乎混入了一兩根自己黑色的頭髮。

算了，就這樣吧，袁香兒撚著那一小條編好的髮辮，在手指間反覆把玩，忍不住放在唇邊輕輕吻了吻。

什麼時候將它煉成法器好了。南河說過煉製成圓形的法器，可以有白玉盤的效果。煉一個可以隨身攜帶的東西吧？手鐲好像不錯，戒指也可以，嘿嘿。

可惜還不太會煉器之術，需要學習的東西還有好多啊……

袁香兒在胡思亂想中陷入了夢鄉。

莊院的夜晚漆黑而寂靜，今夜是晴天，蒼穹倒扣著大地，天幕繁星璀璨。

南河蹲在屋頂的瓦片上，抬頭看著夜空中的天狼星。寒冷的晚風，吹亂它柔軟的毛髮。

第一次聽見『結契』這個詞語的時候，是在一個冰冷且狹窄的鐵籠內。

猙獰噁心的面孔，蹲在鐵籠的前面，張開發黃的牙齒對它說，「不要反抗，乖乖和我結契。否則把你這身皮子活活剝下，賣給洞玄教的道長做法器。」

一支生銹的鐵箭，從鐵籠的縫隙裡伸進來，帶著玩弄的意味，緩慢地刺向它的身體。它在鐵籠中拚命閃躲，只因空間過於窄小，終究只能眼睜睜看著那寒冷的利器刺穿它的手臂。那鋒利的利器毫不猶豫，沒有一絲憐憫地傷害它，帶著血肉從它的手臂裡拔出來後，又一次向它逼近。直到它渾身是血，傷痕累累，那個鐵籠才被打開。一隻粗魯的大手伸進來，捏著它的脖子把它提出去，放在了一個法陣的中心。

「和我結契，做我的使徒，就饒你一命。」那個人類惡臭的聲音在頭頂響起。

虛弱的南河趴在法陣中心，看著自己紅色的鮮血沿著法陣流淌開來，那時候的它暗暗發誓，絕不做人類的使徒，就算是死也不要和人類這種東西結契。

想不到百年之後，自己竟然心甘情願地成為一個人類的使徒，而那個人為了它，還特意修改了契約的形式。

南河翻下屋簷，悄悄推開視窗，傾聽了片刻，聽見屋內傳來綿長均勻的呼吸聲，確定那人已經睡著，這才鑽進屋內。

它四足著地，沒有發出一絲聲響，抖了抖一身寒氣，化為一頭銀白色長髮的男子站起身來。

男人站在床沿邊，藉著微弱的雪光，低頭看著床上的袁香兒。

阿香今日似乎很開心，即便在睡夢中都洋溢著一臉笑容。她的手放在枕邊，手心攥著一縷頭髮，銀色的髮絲被細細編成了髮辮，中間還混雜著一兩絲溫柔的黑色。

結契的時候，自己不管不顧地說了許多一直埋藏在心底的話。那個時候，阿香似乎回應了句什麼。

南河聽見自己劇烈的心跳聲，阿香怎麼可能突然……那樣說。

在那個時候，當它想要仔細聽個明白，那邊已經果斷地掐斷了他們彼此間的聯繫。讓它覺得，那一定是自己過於高興而產生的幻覺。

南河的目光變得溫柔，它悄悄地撚起披散在枕邊的烏黑長髮，放在指腹間輕輕摩挲片刻。它四處張望，確定無人看見自己偷偷摸摸地做出這樣羞恥的舉動，這才彎下腰，帶著虔誠的態度，將那冰涼的髮絲就在唇邊吻了吻。

髮絲冰涼，它的雙唇卻滾燙，燙得自己心尖發麻。

它小心翼翼地動用靈力，掐斷一縷黑髮，收在自己懷中，最後化為銀白色的小狼，蜷起身體，依偎著那人的手臂闔上眼睛。

袁香兒在迷迷糊糊中，下意識伸手摸了摸它的脊背。

過了黃河之後，地貌就以連綿不絕的山地和丘陵為主，又是下雪的冬季，道路變得更難走了。

但袁香兒並不以為意，她的心情似乎特別好，一路騎在馬背上，口裡悠然哼著歌。

『南河。』她在腦海裡悄悄和南河建立聯繫。

果然，很快就聽見對方輕輕回應了一聲，『嗯？』

這樣真是太方便了，袁香兒心想。

它甚至不像語音交流那樣，幾經斟酌容易掩飾。心念流轉之間，心中的情緒幾乎無處遁行。比如此刻，誰能想到小南這麼簡簡單單的一個「嗯」字中，竟然滿載著羞澀和幸福。

如果是平時，就聽它這麼單單的一字回應，說不定還覺得它不耐煩呢。

『南河？』

『嗯。』

『南河？』

南河轉過臉看著袁香兒，琥珀色的雙眸中透著一股無奈。

『嘿嘿，我就是想試一下。』袁香兒衝它做了個鬼臉，『小南，這樣太方便了，以後我們可以說悄悄話，他們都聽不見，哈哈。』

寒冬時節，朔風漸起，天空中紛紛揚揚下起雪來。

山腳下轉出一個村落，裊裊炊煙從各家各戶的煙囪中升起。這片區域土地貧瘠，丘壑叢生，不利於農業生產，當地的居民顯然生活得並不富足。遠遠望去，村道兩側的房屋多為破舊的茅房土牆，山道上遇到的幾位樵夫獵戶，也少有齊整的禦寒冬衣。

「阿青姐姐好像就出生在這一帶呢。」三郎掀起車簾，趴在視窗看外面的景色。在前方半山腰的位置，露出了一座破破爛爛的山神廟的屋頂。

「哦，是嗎？阿青以前就住在這裡嗎？」袁香兒想起阿青提到過，當地人曾給渡朔建過山神廟，於是問道，「三郎，你認識渡朔嗎？」

「我從前沒見過，但有聽說過這位大人的名字，聽說是一位強大又溫柔的大人，就連人類都給它設了廟宇，時常供奉呢。」

「真的嗎？它是不是做過什麼特別過分的事？為什麼國師要用鐵鍊鎖著它？」

袁香兒知道，有些事情從不同人的角度聽起來完全不一樣，妖魔口中的好人，當然也可能對人類來說，是為惡人間的恐怖存在，就連南河都抓過一隻潛伏在城鎮裡，專吃人心的妖魔呢。

「打聽一下就知道了嘛。」三郎尖尖的耳朵從視窗消失，化為一位少女，從馬車上跳下來。

它攔住一位砍柴下山的年輕樵夫，施禮道，「敢問這位大哥，這山上的廟宇供奉的是哪位神靈？我家大官人[11]最是虔誠，向來是縫廟必拜，正打算前去祭拜一番。」

那位生在鄉村裡的樵夫，哪裡和這樣斯文秀氣的姑娘說過話，頓時漲紅了面皮，知無不言地說了起來，「那不是什麼山神廟，在幾十年前被一個妖精占據了。我聽村裡的老人說，那妖精壞得很，不僅天天吃童男童女，禍害鄉里，更是變成神靈欺騙大家。幸虧一位得道的仙師路過此地，在這裡同妖精鬥了三天三夜，將妖精打回原形，牽著在村裡走了一圈，大家才認出它的真面目。至此這間廟宇也就荒廢了，姑娘就別浪費時間上去了。」

告別了樵夫，車行轉過山道，可以清晰看見那間小小的廟宇，屋頂崩塌了一角，匾額也不見了，牆壁上爬滿藤蔓，臺階上蓋著雪，一副破敗荒涼的景象。

然而廟宇內似乎有一位白髮蒼蒼的老者，正跪在地上焚香禱告。

11　大官人：社會地位較高或是富貴人家子弟的尊稱。

袁香兒一時好奇，止住馬車，順著山道走上去。這是一間很小的廟宇，只有一間殿堂，佛龕上神像的頭部崩裂了一角，屋頂還破了個大洞，一束天光從洞中打下來，正好照在那位老者匍匐的後背上。

供桌上擺了一碟花生，一碟米糕，一碟橘子，焚了三支香，老人合掌禱告，「山神大人，好久沒來看您了，希望您一切都好，順順利利的。」

老者禱告完畢，顫顫巍巍地站起身來收拾碗碟，才看見廟宇的門口站著幾位年輕人，其中一位十六七歲的少女倚著門框，正揚起頭來看著崩壞面目的神靈。

「請教老丈，我聽聞這只是一個為禍鄉里的妖魔，您為何還來祭拜它呢？」袁香兒雙手交叉持晚輩禮，低眉詢問。

「妖魔又如何，這位大人不知道幫過我們多少次。從前不論是乾旱、蟲災、獸潮，只要來山神廟拜拜，一切都會迅速好轉。大家只是心裡懼怕妖魔，所以一聽說大人是妖怪，就忘了它曾經對我們的幫助。那些沒心沒肺的傢伙，竟然還拿石頭砸它。」老者恨恨地說著，並將桌上的碗碟收入帶來的提籃中，「如今的年輕人，更是連大人的模樣都沒見過，以訛傳訛，說什麼大人禍害鄉里，吃童男童女，都是些混帳話。」

「您又怎麼能知道這些不是真的呢？」

老者不滿地看了袁香兒一眼，哼了一聲，「數十年前，村裡有個男孩的母親去世了。他的家人忙著辦喪事，無暇顧及悲傷又驚懼的孩子……」

那個男孩跑進了山裡，躲在山神廟中，想起母親的慈愛，頓時哭得肝腸寸斷，暈厥過去。等醒來的時候，天色不知道在什麼時候黑透了，外面下起瓢潑大雨，山林深處隱隱傳來各種野獸的聲音。

男孩這才感到害怕，就在他抱著身體、縮在供桌下瑟瑟發抖的時候，一位年輕男子掀開了供桌的桌幔。這個人打扮得十分奇怪，一頭及地的長直髮也不梳起，就那樣放任披散著，它赤著雙腳，細長的眉眼微微帶著笑，向男孩伸出手，「小孩，出來，我送你回去。」

不知道為什麼，那個男孩也就忘了害怕，乖乖地在它的笑容中牽住它的手，被那個男人抱起。那天的雨下得特別大，山道溼滑，但那個男人卻毫不介意，輕鬆自在地走在雨中。奇怪的是，他們完全沒有淋溼，驚懼了一天的小男孩靠在那個溫暖寬大的胸膛前，不知不覺地睡著了。

等他醒來的時候，發現自己已經安安穩穩地躺在了家裡的床榻上。而慌忙找了一天的家人，無一人知道他是如何回到家中的。

「沒錯，那個男孩就是老夫我。」老者頓著手中的拐棍，「若是山神大人吃童男童女，我又怎麼可能活到如今這般年紀。」

他說完這個故事後，忿忿不平地冒著雪走下山去。

袁香兒站在破敗的神廟門前，看著崩壞的神像。細細的雪花從屋頂的破洞飄落，那石像殘留的半張面目，依舊可以看出細長的眉毛、狹長的眼睛，依稀是渡朔的模樣。龜裂的石縫裂在臉上，使那張本來微笑著的容顏，看起來像是在哭泣一般。

因為下著雪，一行人乾脆在這間小小的破廟打尖歇腳。

南河在山林裡轉了一圈，帶回足夠所有人飽餐一頓的野味。

自有周家的僕人們宰殺獵物，埋鍋做飯。

「仔細點，烤得嫩嫩的，沒準一會兒貓大爺高興了，還會有賞。」

在這些日子的相處之下，僕人們也漸漸適應了這種生活。雖然這幾位大仙看起來恐怖，實際上不難伺候，只要伙食做得好吃，時常都有賞賜。可惜的是，這賞賜的內容不太穩定，有時候是隨手拋出來的金珠子，有時候卻只有一條小魚乾。

他們也逐漸摸到了規律，大部分的時候，如果伙食準備得太好，貓大爺過於開心，打賞反而變成了它自己喜歡的小魚乾。所以，要怎麼把握好中間這恰到好處的度，一直讓幾位立志在沿途發家致富的僕役十分為難。

仇岳明坐在篝火邊，看向神廟的角落。在那裡，袁香兒歪著身體，舒舒服服地靠在一隻巨大的銀色狼妖的身上，手裡有一搭沒一搭地摸著一隻金黃色的小狐狸，而面孔正朝著蹲在她面前的小山貓，彷彿正在和那隻小貓說話交流。

「原來妖魔也並不像我們想像中那樣凶惡恐怖，也是可以好好相處的。」仇岳明說道。

「啊，您，您是在和我說話嗎？」坐在它附近的周德運受寵若驚，他一直很怕這位將軍，而這一路，這位頂著他娘子面貌的將軍，也沒有給過他好臉色看。

「我在軍中，一直接受的思想是『妖魔即是我們人類的死敵』，它們罪大惡極，見之必誅。如今看來，妖中也有善類，人中亦存暴徒。我對從前的行為有些動搖，不知道一味斬妖除魔是否還算正義。」

周德運縮著脖子往篝火裡添柴，「正義不正義我的確說不準，不過在下覺得，妖魔存在於這個世間，本就先於我們人類。存在又不是它們的原罪，剿滅妖魔就剿滅妖魔，倒不必給自己扣什麼正義的帽子。」

仇岳明抬起眼睛看他，「想不到周兄還有這般見地，倒是小覷了你。」

周德運笑著連連擺手，「不敢，不敢。我不過是因為打小生活安逸，妖魔之類對我來說，就像是書中故事，沒什麼切膚之痛。身在局外，才能這般說話罷了。」

袁香兒一行在落雪的季節裡，艱難地走出這片山地和丘陵，地勢開始變得平坦，道路兩側時常出現大片大片冬季荒蕪的田野，沿途的城鎮也逐漸變得堅城深池，威嚴肅穆了起來。

這裡是國家北面的屏障，生活在草原上的遊牧民族時常策馬南下，在邊境上燒殺擄掠，引發大小規模不同的戰爭。

那些用以抵禦外族而修築的城牆，因為沾染過真正的硝煙和鮮血，而顯得厚重威嚴。錦繡寬袍的名流文士不見蹤跡，人群中卻時常出現披甲持銳的邊防戰士，和面貌獨特的異族商賈。

對北地的居民來說，財狼虎豹一般的胡人比偶爾在傳說中才出現的妖魔，來得真實且可怕。

並州的雁門關是北方的重鎮之一，只要出了這裡，草原乃至沙漠就會逐漸出現在視野裡。離他們的目的地，大同府所轄的豐州，也就不遠了。

春節過去還不算太久，街道上的年味還很足。袁香兒看見路邊那些掛著糖霜的冰糖葫蘆，有些嘴饞。這裡的冰糖葫蘆口感獨特，去核的山楂內填充了連綿細膩的紅豆沙，或是香濃可口的芝麻糊，外表裹上糖稀，再沾滿一層果乾，吃起來酸甜適中，口齒餘香。

袁香兒從賣冰糖葫蘆的小販手中，接過一串紅彤彤的糖葫蘆，自己吃了一個，把剩下的遞給南河。

她鼓著腮幫子，眉眼彎彎，「我們分著吃一串。」

她知道南河嗜甜且不喜酸味，只給它嘗個味道。

南河果然就著她的手，只吃了一個。

「我什麼口味都吃，我要最大的那串。」化為人形的烏圓伸出手來，接過一串冰糖葫蘆，「嗷嗚」一口咬掉兩個，含糊地說，「南哥，要不要再分你一個？」

南河轉過頭去，假裝沒聽見。

袁香兒就站在插冰糖葫蘆的桶子旁，一串接一串地往外遞冰糖葫蘆。

烏圓一串，三郎一串，仇岳明一串，周德運一串，隨行的僕役伴當，人人有份。

賣冰糖葫蘆的小販心裡很高興，這對他來說就是難得的大客戶了。容顏秀麗的小娘子正從他手中接過一串串糖葫蘆，遞給身後的人。

賽雪欺霜的纖纖玉手接過最後一串糖葫蘆的竹籤，遞到了空無一人的地方，那串紅彤彤的果實突然憑空消失。

小販揉了揉眼睛，懷疑自己看錯了。

那位小娘子已經笑盈盈地轉過身，和他結算錢幣。

一定是看錯了，怎麼可能突然消失呢？小販心想著。

他並不知道在自己的身後，一直站著一個穿著長袍，卻頂著鯰魚腦袋的妖魔。

那妖魔蒼白的手臂，接住了袁香兒遞給它的糖葫蘆，仔細看了半天，昂首張開大嘴，將整根糖葫蘆連同竹籤，一起丟進嘴裡。

「有大風喔。」

在袁香兒一行繼續往前走的時候，身後突然傳來一道聲音。

「大風天，不宜出行。」那個鯰魚頭的妖魔說。

袁香兒轉過頭來，衝著它揮揮手，「知道啦，謝謝你。」

因為聽了這位鯰魚精的勸告，大家沒有繼續趕路，在城鎮內尋覓一間客棧住下。

午後果然平地捲黃沙，刮起大風，沙塵迷人眼，行路艱難。

鎮上的人們正在舉行神遊活動，將寺廟裡的神像披上大紅織錦抬出，沿街遊行。舉世崇敬的三君聖像，信徒眾多。一路鑼鼓熏天，旗幟昭昭，沿途信眾焚香禱告，跪拜祈福。

袁香兒從客棧的二樓推開一點窗戶，透過縫隙看著街道上的情形。

「人類明明那麼怕妖精，」烏圓蹲在她的肩頭上舔著爪子，梳理毛髮中的沙粒，「說白了，其實神靈也是妖精，為什麼人類就不怕祂們呢？」

「神靈也是妖精嗎？」袁香兒還是第一次聽見這種論調。

「不管怎麼說，都是一種強大的靈體，總不能算作是人類吧？」

「或許是那些神靈的力量，到了人類不可企及的高度，所以人們對祂便只剩下崇拜和敬畏了。」

轎子上金光閃閃的高大神像，低眉慈目，俯視人間，烈烈紅綢金錦，在黃沙中飛揚。沿途信眾伏在道路兩側，風沙也阻不住他們頓首叩拜，祈求神靈庇佑。

袁香兒突然想起在山林間看見的那座山神廟，想起那位肌膚蒼白，失去自由的使徒。似乎看見它被鐵鍊鎖住，從神廟中拖出來，在人類的村落中遊行的那一幕。

那些它曾經幫助過、愛護過的人類，在它現出原形，失去反抗的力量後，對它露出憎惡的表情，唾罵著朝它身上丟去石頭。

渡朔應該已經對人類這種生物，澈底失望了吧。

颶風刮得越來越大，漫天黃沙遮天蔽日，風聲呼嘯，搖得客棧的門窗咯吱作響。酒肆內匯聚著被風沙留住腳步的客商，來自天南地北的商人們推杯換盞，高談闊論，交換著旅途中的消息見聞。更有胡姬舞娘穿行其間，輕歌漫舞，三弦琴悠揚，直教碌碌紅塵中的旅人偷得浮生半日逍遙。

袁香兒等人坐在閣樓的雅間內，因為晚上住下不走，便開了幾罈子的酒，並要了兩桌當地特色菜肴。

「誰知道早上還好好的天氣，竟然憑空颳起這樣大的風沙，多虧小先生神機妙算。若是在這樣的沙暴天氣，走在前不著村、後不著店的荒原上，那可有苦頭吃了。」周德運舉杯在手，「來來來，我敬小先生一杯。」

他身邊的僕役們連連點頭，現在這些人都對這位小先生服氣得不行。

袁香兒舉杯對飲，這裡的酒是米酒，甜絲絲的，入口綿柔，後勁卻不小，喝得身體暖烘烘的。

「阿香，我也敬妳一杯。」仇岳明起身端著酒杯，鄭重地說道，「別的也就先不多說了，此行結果不論如何，先生的恩情在下銘記於心。」

袁香兒和他喝了一杯，笑盈盈地說，「朋友之間，就不用這樣客氣了。」

正喝得高興，樓下大堂內酒徒們寒暄的聲音傳了上來，「此番多虧了仇將軍，否則老夫只怕沒得性命同老兄弟相遇。」

一位帶著北地口音的男子大著嗓門說話，「若不是仇岳明將軍恰巧在大同府內養傷，胡人這次必將破關而入，只怕大同府早已成人間地獄，一座死城了。」

他的同伴回道：「仇將軍真不愧是將星臨世，庇佑我關內萬千生靈啊。」

「仇岳明」這三個字一出來，樓上一屋子的人登時豎起耳朵，向中庭望去。

其中以仇岳明本人最為緊張。

一路走來，他看似沉穩，實則心中忐忑難安，既擔心周娘子的魂魄確實在自己的身體中。她以一女子羸弱之魂魄，突然於狼虎之軀環繞的軍帳中甦醒，會不會鬧出什麼不可收拾之事。又擔心周娘子的魂魄根本沒有和自己互換，而自己的身軀早已化為白骨，埋藏在黃土之下，世間再無他魂歸之處。

這時候，他突然聽見有人提起自己的名諱，仇岳明心中猛然一抽，扶著閣樓的欄杆，伸頭就衝樓下看去。

喝酒的是兩位商賈打扮的老者，其一鬚髮皆白，面有滄桑，喝了幾口小酒，說到興頭上，不由說起過年之前，自己在大同府經歷那場驚心動魄的戰事。

那時胡人的鐵蹄連破豐州、雲內、東勝等地，引得駐守大同府的節度使領軍前去救援。誰知胡人的軍馬一擊即潰，節節敗退，大同府守軍立功心切，調集兵馬追擊而去，卻不知中了敵人調虎離山之計。一路敵軍精銳就潛伏在雲州附近，瞅準守軍離開的時機，直撲兵力空虛的大同府城。

「那些胡人如同惡鬼一般，將大同府裡三層、外三層圍得水泄不通，揚言要屠城三日，血洗大同府。」老者提起驚心動魄的恐怖回憶，嘴角的法令紋也深深顯現出來，「你知道胡人吧？那些傢伙姦淫擄掠，比鬼魅還恐怖，一旦被他們入城，全城的人都完了。」

他的夥伴唏噓不已，舉杯和他碰了一下，顯然這些北地的居民都深受異族入侵之苦。

「那時舉城哀嚎，人人驚懼無依。偌大的大同府只留有兩千守備軍士，而城外的敵軍多達數萬之眾。城內領兵的知州大人還是一個文官，一時唬得抱著小妾，躲在府衙裡直哆嗦，嚷嚷著要上吊抹脖子。」老者嘆了又嘆，昂頭喝光杯中酒，一拍桌面站了起來，「多虧我神威將軍仇岳明，恰巧因傷從豐州退回大同府療養。這個時候的仇將軍不顧自己的傷勢，披甲持銳，振臂一呼，動員全城百姓，不論老弱還是女子，全部穿上鎧甲，拿著旗幟站上城牆。」

他這裡說得興奮，周圍喧鬧之聲漸小，在場的人都愣住了。

老者滿面紅光，「那些塞外來的惡狼，以為大同府只得一座空城，突然見著城頭旌旗昭昭，人影幢幢，鮮衣亮甲的將士站滿城牆，登時心下嘀咕，懷疑反中了我方的圈套。又見我國軍神，仇岳明將軍威風凜凜登上城頭，哪有一個不被唬得腿軟的。只聽我方城頭擂起喧天戰鼓，一時間城門大開，仇將軍戴紫金紅纓冠，穿團花素錦袍，著龍鱗傲霜甲，手持梨花點鋼槍，領著兩千兵馬雄赳赳出得城來。那些胡人膽戰心驚，唬得抱頭鼠竄，慌慌張張不戰而敗去也，哈哈哈。」

現場的百姓齊齊拍手叫好，固然老者的故事裡有著不少誇張的成分存在，但此地的百姓都深恨入侵的蠻人，聽這種故事，自然是敵方顯得越無能，我方英雄越神勇，怎麼更能揚我方赫赫聲威就怎麼來。

老者看著這麼多人捧場，說得越發口沫橫飛，「老朽這般年紀，本來是披不動鎧甲，拿不住鐵槍的。只是當時於絕望之中，見仇將軍登高呼籲，一心為保我等家園，言辭懇切，四處奔忙，心裡由不得熱血沸騰，也跟著發了少年狂氣。別說是我這樣的老人，便是城裡那些嬌滴滴的小娘子們，一個個都站了出來，披上鎧甲，走上城牆充人數。總角小兒也得幫忙搬運軍資，遞送糧食。也虧得全城不論老幼，這般齊心協力，才將敵軍嚇得不戰而退。」

人群中有人問道，「老漢，你說你當時在城內，也上過城牆，可否親眼見到將軍威儀？將軍到底什麼模樣，性格如何？」

老者挺了挺胸膛，清了清喉嚨，朝著四面抱拳，「老朽不才，倒也有些運道，在城牆之上，恰巧就被安排在將軍不遠處，有幸得見將軍容顏。當真是威風凜凜，器宇不凡。更難得的是，將軍這般征戰沙場之人，平日為人倒是謙遜有禮，和士兵們同吃同住，對我等老弱，更是十分體恤照顧，真真是個神仙下凡一般的人物。」

樓下掌聲連連，為這位智勇雙全的英雄鼓掌，樓上眾人卻面面相覷。

仇岳明一手緊握欄杆，素來持重沉穩的他慌了陣腳，心裡是一陣驚一陣喜。喜得是從這些人的話語來看，自己的身軀果然還是好好地存活於這個世界。驚訝的是，裡面居住的這位臨危不亂，錚錚鐵骨之人卻不知是何許人也。

要說對此行的結果最為掛心之人，還數仇岳明。他擔心的是到了地頭[12]，發現情況並不似自己所想，那等於是才剛給他希望之後，又重新將他推入深淵。如果不能回到身軀之內，除非周德運願意，否則從律法的角度來看，他甚至擺脫不了周夫人這個身分。

到時候對他來說，一死了之反而是最好的結局。他每每想到自己再也回不去軍營，一心報國的熱血無處傾注；還可能被關押在後院，為某個男人傳宗接代，不免寒毛豎立。

仇岳明幾經斟酌，開口問袁香兒，「不知能否為此行占上一卦？」

袁香兒喝了幾杯酒，有些上頭，又見仇岳明憂心忡忡，便從懷裡取出三枚金錢，「那就占一卦試試，不過我於卜筮一道所學有限，不一定做得準數。」

她將金錢合在掌心，雙手合十，默誦禱言。心中靈犀一轉，將三枚金晃晃的錢幣撒在桌面上。如此數次，得出一個水天需卦。

12　地頭：目的的。

「怎麼樣？」仇岳明急切問道。

袁香兒推演片刻，「從卦象來看，險在前，剛健而不限，義不困窮，利涉大川，往有功也。意思是雖然前途有些艱險，但因為您性格剛健，持走正道，不至於窮途末路，會有好結果的。」

仇岳明吐出長長的一口氣，終於露出了一點笑容。

周德運連忙道：「小先生也為我占一卦？」

他的伴當湊趣地說，「員外問的是同一件事，既然這位已得了好卦，員外自然能夠心想事成。」

袁香兒的師傅余瑤十分擅長卜筮之術，連她這個徒弟，都是師傅某日占出來的，她也一直對此道心嚮往之，只可惜自己不太善於此道，今日一試之下，覺得手感比往日順遂，便起了第二卦。

「怎麼樣，怎麼樣？想必娘子見到我去接她，一定很高興。」周德運搓著手興奮道。

窗外呼呼響著風聲，袁香兒看了半天卦象，又抬起頭來看他，面色有些古怪，吞吞吐吐道，「天風姤，天下有風，女壯，柔遇剛也，勿用取女……」

看見周德運的臉色已經垮下，她把後面一句「不可與長也」咽了回去。

周德運這個人，從袁香兒的角度來看，是這個時代典型的渣男，好逸惡勞，沒擔當，大男子主義，不尊重女性。

但結伴走了這麼久，彼此之間已經十分熟悉，周德運作為朋友來交往還是很不錯的，性格溫和，為人大方，愛好廣博。

袁香兒不忍心看他萎靡的模樣，也不希望他這麼滿懷希望，路途迢迢來到這裡，最終卻得不到一個好結果，不由安慰他道，「我這個卜筮之術學得很不地道，十卦有八九卦不準，做不得數。何況，這個卦裡有水火未濟的變卦，意味著事情還有無限可能，倒不必提前多慮。」

化為人形、坐在桌邊吃飯的烏圓抬頭問道，「什麼是水火未濟？」

胡三郎插了一句，「這是人類八卦的卦象之一。未濟的卦詞說的是小狐狸快要過河，卻溼了尾巴，有陰陽混亂，事未成之象，但又留有無限變數。」

袁香兒十分驚奇：「你居然懂這個？」

「嗯，先前跟在阿青姐姐身邊，它很喜歡推演占卦，我也聽了不少。但阿青姐姐總說它雖然善於此道，可自己最為關心之事，卻永遠占不出來。」

袁香兒低頭將三枚金錢收起來，這個卦象她看得不太透澈，不由感嘆，要是師傅在的話，一定能清楚知道事情的走向，不像自己這般含糊不清，算了和沒算一樣。

原來在大道的旅途中，走得越遠，才越發發現自己所學遠遠不足。

烏圓伸出一隻胳膊攬住周德運的肩頭，安慰著一路給它供奉美食的人類，「放心吧，無論是誰攔著不放，我們就是搶，也能將你家娘子搶回來的。」

「別垂頭喪氣的，都還沒走到地頭呢，說不準的事。」三郎轉身化為一妙齡少女，「不如我唱首曲子給你們聽。」

它下樓找胡姬借了一把三弦琴，起調綸音，清了清嗓子，唱起一曲時下流行的歌謠，「古戍蒼蒼烽火寒，大荒沉沉飛雪白。先拂商弦後角羽，四郊秋葉驚摵摵。世間誰人通神明，深山竊聽來妖精……」

它低眉淺笑，信手撥弦，琴技倒也未必如何圓熟，卻自有一種天真爛漫，隨性灑脫之意。

少女纖細的腳踝上繫著一串銀鈴，邊彈邊唱，載歌載舞，歌喉悠悠，鈴聲清越，模糊了性別界限的容顏，山中精魅，鬼神之音，在這邊塞風沙中遙遙散漫。

胡姬聞之起胡璿之舞，遊子聽得落思鄉之淚。

曲終一劃，羅裙已旋到袁香兒腳邊，美麗的少女雙手伏在袁香兒的膝頭，一剪秋瞳，脈脈望著袁香兒，「阿香，我跳得好不好？」

「好！曲藝雙絕，世所罕見！」袁香兒不吝讚美之辭藻。

「那我們也喝一杯。」青蔥玉手倒滿兩杯清酒，正要笑吟吟地遞上前去，少女突然覺得一陣頭皮發麻，一股冰涼的寒意從脊椎爬上來，彷彿在一瞬間將它丟進了萬年冰窟。它甚至不用回頭，都能知道背後那森冷的目光落在了它的身上，帶著大妖特有的恐怖威壓。

「抱、抱歉，我只是習慣了。」胡三郎一哆嗦，瞬間變回人畜無害的小男孩，一下收回酒杯，「我突然想起，我還沒有成年，不太能喝酒。」

它抱著胡琴，夾著尾巴，迅速溜下樓還琴去了。

「哈哈哈，叫你妄想勾搭阿香，占據我的寵愛。」烏圓哈哈大笑，「不過酒有什麼好喝的，我爹說過，在成年之前都不准喝那個。」

袁香兒想起自己好像還沒和南河喝過酒，於是倒上兩杯酒，轉頭看向南河。

「小南能喝嗎？我們兩個喝一杯？」

既然小南已經到了離骸期，就是介於成年和未成年之間的狼了，小喝幾杯應該是可以的吧？

身邊的人伸過手來，接過她的酒杯，和她輕輕碰了一下杯。

『能。』

一個聲音在袁香兒的腦海中響起。奇怪的是，這個聲音莫名帶著股刺鼻的酸味。

為什麼聲音會帶著味道呢？袁香兒不太理解地想著。

寒冬臘月，屋外北風呼嘯，天昏地暗。

這個時候能待在安穩的屋子內，和幾個朋友圍著紅泥小火爐，喝酒聊天，就顯得分外溫暖舒適。

袁香兒和周德運等人說著話，剛轉過頭來，就看見身邊的南河慢慢放下手中的酒杯，眨了眨眼，突然「嘭」一聲，化為一隻銀白色的天狼趴在桌子上，正軟綿綿地往下滑。

「啊？這才幾杯，小南就醉了？」

袁香兒急忙撈住它，不好意思地衝其他人笑笑，「你們自便，我先帶它回屋休息。」

周德運一行人看著南河大變活狼，都嚇了一跳，好在這一路結伴走來，也算見過幾次，適應了不少，還能穩住自己，不再像最初那樣驚懼萬分。

南河酒醉之後變化的狼形是它的本體，已經接近成年的大小，抱起來有些沉重。

袁香兒把它的腦袋擱在自己的肩頭，抱著大大的一隻毛茸茸穿過密集的人群，往客棧後院的廂房走去。

沿途有不少住宿的客人好奇地看著她，甚至還有人攔下她詢問幾句。

南河不知道自己是怎麼了。

人類的這種飲料，喝起來的時候甜絲絲的沒什麼感覺，也不過喝了幾杯而已，心臟就開始怦怦地越跳越迅速，全身的血管都跟著搏動，頭上的屋頂開始旋轉，腳下的大地也在旋轉，腦袋迷糊一片無法思考。

它感覺到有一雙熟悉的手將自己抱起，抱在令它安心的懷抱中，搖搖晃晃地走在路上。那人輕輕順著它的脊背，柔聲安撫它，「沒事啊，你只是醉了，這就抱你回去休息。」

這條路上吵鬧得很，不停響起一些奇怪的對話聲。

「哎呀，妹妹，妳這隻狗子的毛色可真漂亮，讓姐姐摸一下行嗎？」

「不可以。」抱著它的人伸手擋住了伸向它的爪子。

「咦，小娘子妳這隻狗子的毛色真是罕見，是番邦來的品種吧？在下十分心儀，不知可否轉賣？價錢都好說。」

「抱歉，不賣的。」抱著它的人說。

各種雜音充斥在耳邊，人類的歌舞聲、喝酒聲、腳步聲……

南河卻感到前所未有的安心，它暈乎乎地靠在那個暖和的懷抱中，希望那輕輕搖晃的腳步可以一直走下去。

袁香兒進到屋內，把喝醉的南河放在床上。那隻小狼迅速蜷成一團，它面上一片潮紅，口裡不停吐著熱氣，顯然很不舒服。但它也只是把耳朵緊緊別在腦後，兩小撮的眉頭擰在一起，安安靜靜地趴著不動，沒有任何搗亂的行為。

袁香兒打來熱水，給它擦了擦滾燙的臉和四肢，歪在它的身邊，安撫地摸它的腦袋和脊背。

「難不難受？要不要喝點水？不會喝酒的話，為何還要逞強說自己會喝？」

南河把腦袋拱過來，將下巴蹭到那隻暖和的手上。袁香兒順手摸了摸它的臉頰，撓它的下巴。

然後她看見手底下那隻已經不小的小狼，翻了個身，把自己白絨絨的肚皮翻出來，垂著四肢，一副求撫摸的樣子。

成年天狼的後背是漸變的銀色毛髮，滑順飄逸。但肚子那片卻還是細細軟軟的白色茸毛。

袁香兒的眼睛一下就亮了，她搓了搓手，小心地順著毛髮細膩的脖頸往下摸，那片毛髮軟得不行，帶著腹部肌膚溫熱的手感，加上那百依百順垂著的四肢，讓她這個毛茸控打從心底湧起一股滿足的舒暢感。

真的好幸福啊，小南現在連肚皮都肯讓我摸了，喝點小酒就軟成這樣，看來可以經常餵它喝那麼一點。袁香兒暗自想著。

手底下綿軟的手感不知道在什麼時候，變成了滑膩而富有彈性的肌膚。

袁香兒瞬間愣住，看著玉石一般富有光澤的皮膚，以及線條流暢精實的肌肉，條件反射地收回手，卻有一隻有力的手掌伸過來，抓住她的手腕，不讓她後退。

袁香兒的呼吸頓住了，她覺得至少應該伸手將那人搭在腰間、唯一的一塊銀色皮裘提上來一些。但那個男人已經撐著光潔的胳膊，抬起了它漂亮的身軀。

袁香兒不知道從身邊爬起的這位，算是妖精還是男人。那平日裡冷清的面容染著霞色，嫵媚風流；桃花眼裡含著秋水，眉目生春；薄薄的雙唇沾了胭脂，瀲灩有光。

那人撐起上半身，將胳膊撐在她頭側，垂下頭看著袁香兒，微捲的銀髮帶著星輝，輕輕垂落在她的肩頭。琥珀色的雙眸似乎蒙了一層水霧，纖細的睫毛低垂，藏著無數欲說還休的情思。

袁香兒咽了咽口水，錯開目光，可是視線要落在哪裡呢？

下面是滾動著的喉結，光潔且肌肉緊實的肩頭，帶出精緻線條的誘人鎖骨，她不敢再往下看去。

『我……』一個聲音在袁香兒的腦海中響起，『既不會唱歌，也不會跳舞，也做不到像烏圓那樣討喜。』

那聲音聽起來心酸又難過，袁香兒不忍心讓它難過，伸手摸了摸它發燙的面龐，「小南，你喝醉了。別胡說，我要你唱歌跳舞幹什麼？」

『我沒有家人，也沒有領地，孤零零的一個。能給妳的，也只有我自己而已……』

那聲音漸漸低沉，說話的人終於醉倒在她的枕邊。

袁香兒愣愣撚起垂在肩頭的一縷銀色長髮，她聽見自己心裡有著冰雪消融的聲音，還有逐漸加速的心跳聲，讓她突然明白自己對南河或許不僅限於寵愛和喜歡，更有著抑制不住的情緒在暗地裡滋長。

我該拿你怎麼辦？你這副模樣，叫誰能忍得住？

袁香兒嘆了口氣，拾起銀色的皮裘，蓋住了沉睡中的男人。

第十章　解脫

出了雁門關之後，土地變得貧瘠，人煙也逐漸稀少。

有時候沿著連綿不絕的草原走上許久，才會遇到一隊結伴行走的商人。

「你們這麼幾個人是不行的，不僅可能會有凶神惡煞的胡人搶掠，有時候還會出現妖魔。」有些好心的商人勸諫道。

這裡已經是國家的邊緣地帶，時常出現騎著馬匹呼嘯而來、呼嘯而去的胡人，衝進村子肆意搶掠一番。他們和那些禍亂人間的妖魔，在這個地方都不受到管束。

偶爾還能看見倒在路邊、已經風化多時的骸骨。

當他們途經一個僻靜的小村落，更是發現整個村子的人，已經被不知道哪來的強盜屠殺殆盡。

一具小小的屍首遠掛在村口的樹梢，圍繞著嗡嗡作響的蠅蟲，嚇得周德運渾身打著哆嗦，用袖子擋住眼睛，埋在馬車裡不敢看向外面。

「為什麼連幼崽都不放過？」南河看著這一路死寂的灰色村莊，「即便是我們妖族之間的戰鬥，奪取的也不過是生存所需，絕不會肆意屠盡對方全族，連巢穴裡的幼崽都不放過。」

「我們人類大概是一種很奇怪的生物吧。」常年浸泡在沙場的仇岳明回覆它，「我們有時候看起來很懼怕死亡，卻無時無刻進行著毫無意義的殺戮，肆無忌憚地殺死自己的同族。即便我是軍人，有時候也不明白這是為了什麼。」

「沒有理由嗎？比如我們天狼族奪取獵物，是為了飽腹或者成長所需的靈氣。即便是敵人，也很少會在不必要的時候浪費對方的生命。生命對我們來說，是很值得敬畏的一種東西。」

「都是一些十分可笑的理由，為了那些莫名其妙的東西，人類甚至可以大量殺死自己的同胞，連老弱婦孺都不放過。」袁香兒遠遠看著那些屍體，心情也十分惡劣。

在她的視線中，幾隻巨大的黑色鰩魚從那破敗的村落間飛起，在空中搖動著巨大的尾巴，遙遙向著西北方向游動而去。

那是死靈匯聚而生的魔物，這種魔物一旦多了，容易滋生邪魔惡靈，昭示著這片區域正不斷發生著殺戮和大面積生靈的死亡。

從這裡向前走了沒多久，路邊坐著一位抱著孩子乞討的婦人，她低垂著頭臉，面上蒙著面紗，身前放著一塊缺了口的陶碗，但凡有人經過，就在碗邊敲一下，發出叮噹的乞討聲。

走在隊伍前方探路的仇岳明，看著她懷裡小小的嬰兒可憐，便摸出一塊銀錠，從馬背上拋向她的碗中。

那婦人抬起臉，濃密的額髮下竟有一雙嫵媚動人的眼睛，她用那幽暗的雙眸看向仇岳明，伸出手拿起銀錠，口中溫柔地說，「多謝夫人賞賜，還請夫人可憐可憐奴家，再多賞一些。」

仇岳明被那暗華流轉的眼眸看了一眼，只覺腦海中「嗡」了一聲，迷迷糊糊就跳下馬來，向著那個婦人走去。

正在神情恍惚之際，一隻手臂從他身後伸過來，將他猛地向後一拉。

仇岳明連著踉蹌了幾步，立刻清醒過來，嚇出一背冷汗，

烏圓已經化身為金靴少年，在他被迷惑之前及時推開他。

「收起妳的把戲吧，我看得一清二楚。」烏圓對那個女子說道。

那女子將懷中的小孩往地上一放，紅色的沙巾飛揚，腦後濃長的髮辮化為一隻蠍子的尾勾。

「哼，自己甘願做人類的使徒就罷了，憑什麼來打擾我進食？」女妖露出了紅色蠍子的原形，瞪著一雙黃銅色的眼睛，巨大的蠍尾遙舉空中。

帥不到三秒的烏圓瞬間慫了，「喵」一聲化為原形，飛快地向著袁香兒的方向逃

竄。

「嗚嗚嗚，好大隻的蠍子！阿香救命！南哥救命！」

巨大的蠍尾刺過來的時候，銀色的天狼從天而降，把小小的山貓護在身下，擋住了女妖凌厲的一攻。尖銳的蠍尾扎進天狼的身軀，天狼毫不退縮地踩住它的脊背，一口咬住它的脖頸。

張牙舞爪的蠍子和凶狠強悍的天狼瞬間撕咬在一起，向遠處滾去。

「南哥受傷了，三郎，我們快去幫忙！」烏圓哇哇亂叫。

袁香兒提著它的脖頸，將它和胡三郎丟在一起，自己一路向著戰場追去。

「你們在這裡等著。」

這裡是個向下的土坡，有著落差數米的高度。南河和女妖在坡底混戰在一起。

女妖丟下的嬰兒包袱，在地上化為數十隻小蠍子，密密麻麻地開始沿著山坡衝下去，企圖增援自己的母親。

袁香兒趕到土崖邊緣，先出手結了一個陷陣，山坡下的土地頓時裂開一個深坑，一哄而上的小蠍子紛紛掉入其中，還來不及攀爬上來，南河便已結束了短暫的戰鬥。

它從一片血汙中站起身來，毫不留情地剖開那隻蠍子的身軀，取出它的內丹。

「小南，你沒事吧？」袁香兒站在山坡上喊，結凍的土地十分溼滑，她心裡又擔心著南河，腳下打滑，不慎從土坡上溜了下去。

她以為自己會摔得很慘，卻掉進了一團軟綿綿的毛髮中。

那毛茸茸的身軀接住了她，化為人形，雙手圈住她的身軀，在地上滾了半圈，發出輕輕的悶哼。

袁香兒從空中落下，陷進那個溫暖的懷抱裡，突然明白它說「我把自己送給妳」的意思。

不管哪一次戰鬥，南河總是衝在她的前面，護在她的身邊。它是真的把自己當成一件武器送給了她。

「受傷了嗎？」袁香兒從南河的懷裡爬起來，看它右邊肩胛骨的傷口，那裡被蠍尾扎穿了一個洞，黑色的血液流淌出來，看起來十分可怖。

「一點小傷，舔舔就好了。」南河不以為意地站起身，和袁香兒一起爬上山坡，同趕上來的烏圓等人會合。

無數的小蠍子從之前的坑洞中爬出來，慌慌張張地向著四面逃竄。

「這些小……小的妖怪不用處理掉嗎？」仇岳明看著那些迅速遠離的小妖問，他想到女妖剛才笑面如花地抓向他手臂的那一幕，心中還是感到有些後怕。

周德運則是在看見地面血肉模糊的女妖後，心有戚戚，舉袖遮擋視線。

「它們的母親在向我們挑戰的時候，就做好了有可能戰亡的準備。勝者得到食物和靈丹，敗者赴死，這是我們妖族的準則。」南河坐在地上，把長髮撩到胸前，任由袁香兒為它包紮傷口，「但禍不及幼崽，我們妖族沒有清剿巢穴、屠殺幼崽的習慣。」

仇岳明和周德運相互看了一眼，想起剛剛被胡人屠殺殆盡的小村莊，突然覺得從某些角度來看，人類還不如妖魔。

經過這一番驚嚇，一行人緊緊匯聚在一起，小心謹慎地走完了剩下的路程，終於進入了大同府的地界。

在這個北方第一重鎮的城池內，隨處可見肌膚黝黑、身形魁梧的邊防軍士來回走動的身影。

路邊酒肆茶館中說書唱曲的，不再講那些月下逢狐的橋段，多愛說些兒女英雄、快意恩仇的故事。

袁香兒在茶館中要了兩壺茶水，和茶博士[13]打聽仇岳明的情況，聽說尋的是仇岳明將軍的居所，茶博士便熱情地替他們指明了方向。

「從左邊的大街拐進去，第三個胡同口，門外有兩座石獅子的便是將軍府。將軍自打一年前在豐州受了重傷，便一直在那座府邸中養傷。若非將軍正巧住在我們大同

13 茶博士：古時對精通茶藝者的稱呼。

府，胡人圍城之時，真不知有誰能像仇將軍那樣救我們於水火之中。」

「我等也是旅途中聽多了將軍的威名，十分敬仰，想上門拜會一番，又恐仇將軍不待見，只不知將軍性格如何？」

「這您不必多心，我家婆子時常給仇將軍府上送菜，都說仇將軍雖在戰場上威風凜凜，殺得胡人屁滾尿流，但平日裡卻是個溫和可親的性子，不論對誰都十分寬厚。」他甩下肩上的毛巾，指著剛剛跨進茶館的幾位軍漢道，「不信你問那幾位軍爺，他們都是仇將軍治下的。」

仇岳明抬頭看向從茶館外踏步走進來的幾個男子，腦海中「嗡」地一響，心中像是打翻了五味瓶，酸的辣的什麼都有。

這幾位猿臂蜂腰，身形彪悍的軍士，不是別人，正是手下最為親近的幾個兄弟。一年多前，他身負重傷，從馬背上掉下來的時候，最後一眼看見的便是這幾個男兒目眥盡裂、紅著眼眶，一路喊著自己的名諱衝過來的情形。

率先進門的軍士身材高瘦，眉毛短促，沉穩持重。身後跟著一紅臉大漢，燕頷虎鬚，威風凜凜。

聽見有人在打聽仇將軍的情況，他們卻不像普通百姓那樣，立刻熱情洋溢地介紹起自己的將軍，而是露出了懷疑的神色。

高瘦的男子不動聲色地打量袁香兒等人一眼，見他們是中原人士，更有年輕女眷隨行，這才稍微放緩神色，一撩下襬直接在周德運的面前坐下。

「爾等打聽我家將軍近況，所謂何事？」

周德運一直生活在中原腹地，過得是投壺賦詩、遊春聽曲的日子，往來的無不是儒雅俊秀的斯文人士。

突然有一群鷹視狼顧的軍漢，帶著戰場上未褪的殺氣，鎧甲鏗鏘，寒刃如霜，「嘩啦」一聲地圍坐在他面前，不由讓他脊背生涼。

他自然不敢說出他們的將軍是自己娘子的話來，一時不知該怎麼應答。

那紅臉大漢卻是個急性子，見周德運支支吾吾答不上來，蒲扇般大小的手掌一拍桌子，「你個鳥人，在這裡打聽我家將軍的消息，問你話又答不上來，莫不是胡人派來的細作？」

周德運被他嚇了一跳，心裡頓時湧上一陣委屈。

從前他出門在外，手頭闊綽，僕婦成群，人人都捧著他，恭維著他，不曾受過半分委屈。可是這段時日裡，東奔西走，風餐露宿不說，一會兒被巨大的妖魔嚇到，一會兒從白骨累累的村落中穿過，還要被這些兵痞大呼小叫地吆喝，實在是委屈得很。

你們這些兵痞有什麼好得意的，回頭見著將軍，若真的是我家娘子，看我怎麼讓娘子收拾你們。他在心中恨恨地想到。

「我們是仇將軍家鄉的同鄉，因為聽得將軍在此地，故而想要拜見一番。」仇岳明替周德運接過話頭。

他看著眼前的這群兄弟，心中激動不已，但面上卻不能流露出端倪，只是微微紅了眼眶。

瘦高個兒的男子名為蕭臨，紅臉的叫朱欣懌。蕭臨聰慧沉穩，朱欣懌勇猛剛毅，正是他最為親近的兩個兄弟。

他們彼此都為對方擋過槍，數次從死人堆裡互相拉扯著逃出來，是生死與共，有著過命交情的兄弟。他曾以為和這些兄弟天人永隔，再無相見之日，沒想到今日還有機會面對面地看著他們。

蕭臨正在打量眼前的女人，他還不曾娶妻，但他知道在邊塞之地，女人的地位十分低下，正常男人之間說話的時候，女人是沒有資格插嘴的。

在他的印象中，無論去哪位前輩家裡做客，後宅的女子無不是含胸垂首，不敢直視他們這些男子，不要說這樣當眾插話，便是連上飯桌的資格都沒有。

然而眼前說話之人卻於尋常女子不同，他端坐在那裡，脊背習慣性地挺得筆直，雙手搭在膝蓋上，目光清澈地直視著他，毫無羞澀之意。

蕭臨莫名從這個女子的身姿中看出某種熟悉之感，好似他並不是一位陌生的後宅婦人，而是自己熟稔的帳中兄弟。

「諸位是我家將軍的同鄉？」蕭臨撇開腦海中奇怪的念頭詢問。

仇岳明將幾乎脫口而出的名字咽了回去，穩住心神開口：「這位……將軍，既然是仇將軍的親近之人，想必有聽將軍提起過，他的家鄉後山有一片酸棗林，那裡的棗子又酸又甜，十分可口。山腳有一條小河，裡面的河蚌大而鮮美。仇將軍有一位從小一起上山下海的夥伴，名叫大胖。可惜大胖在他十三歲那年，被入侵村子的胡人挑在槍尖上，此後他便從了軍……」

那晚下著大雪，他們被敵軍圍困了數日，斷糧斷水，躲在戰壕後啃著地上的冰雪充饑。

仇岳明便對身邊的兩個兄弟說起家鄉的美食，說起那香甜的大棗和肥美的河蚌，以及和自己一起尋覓美食的童年夥伴。

「沒錯沒錯，這事將軍只和咱倆說過，看來確是將軍的老鄉啊。」朱欣懌聽得此話，不再懷疑，一拍手掌，上前握住了周德運的手，使勁搖了搖，「慚愧，慚愧。老朱我是個粗人，老鄉你別見外，咱們這就帶各位去見我家將軍。」

幾人放下戒備之心，領著周德運一行向將軍府走去。

一路上，袁香兒等人在有意無意的詢問下，聊起了仇將軍的近況。

「說起豐州當時那一戰，還真是驚險啊。賊子的那一發冷箭，正中將軍心口，將軍掉下馬的那瞬間，我感覺天都塌了，當場就哭了鼻子。」人高馬大的朱欣懌說起一年前仇將軍受傷的那場戰役，依舊心有戚戚，「幸好老天聽到了我的祈禱，將軍當時看上去那般凶險，一連昏迷了數日，最終還是轉圜了回來。」

走在前頭的蕭臨聽著他這般話，忍不住笑了一聲。

「臨子你笑什麼，你當時也哭了，別以為我沒看見啊。」

蕭臨被揭了短，面色微紅，對周德運等人解釋道，「當時將軍的情況確實十分危急，以致於剛醒來的那段時日，神智有些恍惚，這才特意打了申請，從前線撤下，來到大同府療養。誰知即便是在這裡，還是免不了和敵人幹上一場。」

袁香兒和仇岳明對視了一眼，他們都從這兩位將軍的話語中，聽出了自己想要獲得的資訊。看來仇岳明的身軀確實是在他陷入昏迷之後，被另一個未知的魂魄所占據，並且這個人一開始很不適應仇岳明的身分，不得不藉著養傷從前線退下來，安居在這大同府內。只是因為恰巧敵軍圍城，他才挺身而出，挑起了守護城池的責任。

幾人說著話，來到將軍府衙前，正好迎面撞上一隊回府的人馬，人群當中捧著一人，著素花袍，騎烏騅駒，飛眉入鬢，顧盼不凡，正是年少成名的神威將軍仇岳明。

坐在馬背上的「仇岳明」，和周娘子身軀中的仇岳明相互看見彼此，雙雙愣在當場。那人詫異地張了張嘴，正要說話，隨後她的視線和周德運碰到了一起。

周德運心情激動，向前走了兩步，哆嗦著喊著周娘子的名諱丁妍，「阿妍，阿妍。」

丁妍的眼瞼瞬間睜大，僵立片刻，冷冰冰地下令，「把這些人趕走，不許他們靠近將軍府半步。」

說完此話，她一甩袖率先進入府中，朱欣懌和蕭臨面面相覷，也只能無奈地衝周德運等人搖搖頭，跟進了將軍府。

朱漆的大門在將軍的一聲令下後轟然關閉，狠狠地給袁香兒等人吃了閉門羹。

周德運頓時慌了，拉著袁香兒直問，「怎麼回事，小先生？某非不是我家娘子？」

袁香兒看了烏圓一眼，烏圓點頭道，「確實是一個女子的魂魄，容貌和周家娘子一模一樣。」

周德運急道，「既是我家娘子，緣何不同我相認，我家娘子最是知書達理，對我一向溫柔體貼，怎生可能這般冰涼陌生？」

此刻在將軍府內。

「仇將軍」甩開眾人，有些踉蹌地跨進廂房，將自己關在裡面。

昏暗的廂房內，她獨自一人不知道在其中坐了多久。

直到天色徹底暗下來，丁妍依舊坐在漆黑的屋子內，睜著眼睛，愣愣地看著架在架子上的龍鱗傲霜甲，那副鎧甲在黑暗中隱隱流轉著瑩光，就像是她披著的這具軀殼，鮮亮，堅固，能夠給她馳騁天地間的自由，卻終究不屬於她。

屋門「吱呀」一聲開了，一點暖黃的燭光照進來，是她最為信賴的管家娘子掌燈入內。

「何事讓將軍如此煩憂，不知能否告訴奴婢。」管家娘子把屋內的燈點上，屋子逐漸明亮暖和了起來，「如果是白日裡尋來的那些人，不論是打秋風[14]的親戚還是些什麼人，只要將軍您說一聲，奴婢去為您打發了便是，何使將軍如此苦悶？」

周家娘子丁妍看著眼前的女子，那人的臉上有一道猙獰的疤痕，那是此人自己劃傷的。這是一個被自己無意間從歡場解救出來的女子，她的丈夫是一個賭徒，賭狠了，將自己的老婆一併壓上賭桌給輸了。是丁妍偶爾歡場應酬，才將飽受折磨的她從那汙穢之地買回。

雖然承受了那樣的屈辱，又毀了容貌，但眼前的人依舊溫和平靜，不急不緩，持重

14　打秋風：向富有之人抽取小利，或藉故向人求取財物。

沉穩地幫她管理起偌大的將軍府。

是了，她也是女子，連這樣的艱難都能渡過，沒有什麼事是過不去的。丁妍心想著。

「他們不是打秋風，是我……」她嘆息一聲，終於將不願觸及的話語說出口，「是我占據了人家的東西，卻捨不得歸還。」

管家娘子停下手中的動作，露出不解又詫異的神色。

「替我把老朱和臨子叫進來吧。」她的將軍說道。

蕭臨和朱欣懌站到了「仇將軍」的面前，垂頭聽訓，即便是朱欣懌這樣的大老粗，也意識到情況有些不對勁。

將軍坐在交椅上看著他們沉默了許久，終究開口，「自我受傷以後，神思懈怠，把許多東西都忘了，倒是給二位兄弟添了不少麻煩。」

蕭臨和朱欣懌交換了一個眼神，抱拳施禮，「將軍今日是怎麼了？是那些人有什麼不對的地方嗎？還是屬下們犯了什麼錯？但請將軍責罰便是。」

他們心目中最為崇敬的將軍擺了擺手臂，「和你們無關。我叫你們來，只想問你們一件事。我受傷之後和我從前相比，是否多有不如？」

蕭臨揣摩不透她的意思，只得小心翼翼地回答，「將軍怎生如此說話，雖說將軍重傷之後，遺忘了許多事，但將軍這一年來加倍努力，修習武技兵法，正把過去的一點一點都拾起。此次敵軍圍城，更是將軍指揮有度，謀略無雙。全城軍民的命都是將軍給的，可說無一不對將軍敬重有加。」

丁妍鬆了口氣，終於露出了一點笑容，「那就好，我知道自己終究也沒有什麼不如他人的地方。」

「老大，您這是怎麼了？」朱欣懌不解地道，「老大您不知道，其實大家都說，您這一場病，反倒把暴躁的脾氣都治好了。之前……嘿嘿，之前大家都很怕您。便是老朱我被您瞪一眼，心裡都要打一天的擺子。如今這樣正正剛好，您過年前還給咱們每個兄弟發了套棉服，把那些小崽子感動得眼淚汪汪的。」

他捅了捅蕭臨的胳膊，「你說是吧，臨子。」

蕭臨認同道，「確實如此，以前在將軍面前，心裡都繃著弦，如今感覺輕鬆許多。辦事也放得開，屬下覺得我軍軍心反倒比從前更加穩固了。」

「仇將軍」拍了拍手，站起身來，「是了，這樣我也沒什麼遺憾了。即便打回原形又能如何，我自然還是我。勞煩兩位跑一趟，去將白日裡那些人請回來吧。」

在大同府的一家客棧內，周德運紅著眼眶和鼻子，正對著滿桌的菜肴生悶氣，飯菜是一口都沒有吃。

「你們說說這是為何？難道娘子不願意跟著我回到奢華安逸的家中，反而願意生活在黃沙遍地的苦寒之處？」他放下筷子，一臉忿忿不平。

仇岳明也心神不寧，吃得有一筷沒一筷的。

下午的時候，他在城內走了一圈，發現大同府內的治安狀況十分良好，巡邏的士兵訓練有素，城防守衛安排得有條不紊。他想到將軍府門外那匆匆一瞥，看見自己的身軀跨馬揚鞭，風姿卓越，飛馳而來，他幾乎不能相信裝載在其中的，是一位弱質芊芊的女子。

「明日再去找她。如果她還是這種態度，我們就只能強制將她的魂魄拘出來交換。雖然我挺佩服她的，但畢竟也沒有道理來強占著別人的身體。」袁香兒取出厭女贈予的玲瓏球，在空中一轉，清冷的鈴聲讓在場的所有人心神為之一晃。

仇岳明：「這位娘子非常人也，我感激她這段時日的所為，希望還是能有機會和她好好聊一下。」

周德運抱著腦袋，依舊不敢相信這件事，娘子看見他的出現，竟然沒有感動萬分、喜極而泣，而是逃一般地迅速離開了。

他尋思許久，自覺家境殷實，自己也算是一位好相公，夫妻二人向來和睦，他心裡只覺得對這段婚姻滿意得很，為何娘子來到邊塞這種地方沒多久，竟然就改變心意，不再眷念他了呢？

南河的後背被蠍子螫傷，黑青了一大片，袁香兒用虺膦當初贈送的解毒膏藥，來幫南河換藥。

「你問問秦關兄就知道了。」袁香兒一邊給南河上藥一邊說，「看他是願意回到這裡面對凶狠的敵人，還是住在你家錦繡繁華的後院？」

「這、這怎麼能一樣？娘子是女子，怎能和同秦關兄相較？」

「有什麼不一樣的嗎？只要你願意，就站在對方的角度想想，便會發現，只要是人，不論性別，想法和需求其實都差不多。」

周德運無法接受，吶吶無語，只好埋頭吃飯。

「手受了傷就不要亂動，我餵給你吃吧？」袁香兒端著飯菜哄南河。

「不……不必了，一點小傷。」南河伸出左手來接碗筷。

「你又要說『一點小傷，舔舔就好』。你倒是告訴我，後背的位置要怎麼樣才能舔得到？」袁香兒舉起勺子湊近它，「啊，張嘴。」

「不行，阿香妳偏心，我也要！」烏圓蹲在椅子上，張開了嘴。

「那我也……」三郎擠在它的身邊，同樣張開嘴。

袁香兒一時被它們逗笑了。

這裡正鬧騰著，有僕役入內稟報將軍有請。

「是嗎？娘子派人來請我了，她終於想起還是家裡好，想要和我回去了吧？」

周德運跳了起來，整理衣冠，拔腿就要跟著前去。

袁香兒和仇岳明有些詫異地互看了一眼，早上那位周娘子的態度，顯然不願意見到他們，難道這麼快就想通了嗎？

數人跟隨來人進入將軍府，被請入正廳之內。

那位神威將軍居於主座之上，看見他們入內，揮手屏退下人。她抬眼看著坐於客座上的仇岳明，沉默了許久，這才苦笑了一下，

「我是萬萬沒有想到，自己的身軀竟然還活著，你們還能帶著它走到我的面前。」

周家娘子丁妍開口說話的時候，袁香兒其實對她帶有一點戒備之心。

比起這裡的任何一個人，袁香兒都更能理解丁妍的想法。

若是讓她在兩個身分選其一，她也必定不願在禮教的束縛下深居後宅，渡過壓抑而沒有任何自由的一生。

丁妍作為一位在封建思想中浸泡長大的女性，能在遇到如此傳奇的經歷之後，迅速

適應新的身分環境，不露出紕漏，並將自己的生活維持得這麼好，必定是一位堅強而能幹的人。

這樣的人往往具有一顆果決的心，而人心是最為複雜難測的。

袁香兒的腦海中開始上演各類古裝狗血大戲，比如榮華富貴的將軍拒絕和糟糠之妻相認，一摔杯子，一群手持刀斧的武士立刻衝上來，意圖殺人滅口。又或是金榜題名的狀元不願被人揭穿身分，一面假意周旋，一面捧上毒酒，一杯斷人肝腸。

她被自己的腦補嚇了一跳，連茶水都不敢喝、點心也不敢吃了，心裡忐忑地戒備著，生怕這位丁娘子翻臉不認人。

此刻的丁妍看著眼前那張熟悉的面孔，心中五味雜陳，明明是自己的面孔，卻顯得那樣陌生，真不想回到曾經那樣黑暗而壓抑的歲月了。

她的手指來回磋磨著交椅的把手，聽見自己的聲音是那樣的晦澀。

「請問這位就是仇將軍本人了嗎？」

仇岳明抱拳一禮，「我和妳一樣感慨萬千，萬萬想不到，還能夠像這樣面對面看見自己的面孔。」

「我想，我們是不是見過一面？」丁妍說道，「就在我渾渾噩噩的時候，我在恍惚中覺得有個男子拉了我一把，隨後我就到了這裡，那人想必就是將軍您了。」

仇岳明想起最初的時刻：「我一直不知道那是否為幻覺，如今看來都是真的。」

丁妍叉手為禮，「我到了這裡之後，聽了無數將軍從前的事蹟，心中對您十分敬服。所幸這段時日所為，倒也不至過分失措，沒有給您的威名抹黑。」

她說到這裡，停頓了片刻，終究開口，「你們這一次找到我，是有了什麼應對之法嗎？」

「娘子，你們可以換回來的。」周德運激動地站起來，想要握住自家娘子的手，但看著眼前端坐在座椅上的將軍，終究只敢搓著手，吶吶指著袁香兒道，「這位袁先生是自然先生的高徒，道法高明，我特意將她請過來，她有辦法讓你們回歸正常。」

自己的妻子終於將視線落到了他的身上，那目光有些軟化，不再像是早上那般陌生冷漠，眼神中帶著點無奈，又隱隱透著悲傷。

周德運似乎受到了鼓勵，急忙上前幾步，「阿妍，妳不在的這段時間，家裡都亂了套，我不知吃了多少苦頭，好不容易找到妳了，跟我回家去吧？」

丁妍看了他半晌，沒有接過話題，而是將目光看向袁香兒，「這位女先生確有移魂換位的把握嗎？」

袁香兒還是第一次和周德運念叨了一路的娘子說上話，也不打算瞞她，「我並沒有實踐過，臨行的時候，朋友送了一個能夠拘束魂魄的法器。沿途我用死靈和動物試驗過數次，都沒出什麼差錯。但也不能確保萬無一失。」

丁妍衝著她露出一點笑容，「我知道了，多謝妳如此坦誠相告。」

「妳……真的願意各歸其位嗎？」袁香兒忍不住問道。

丁妍能夠如此爽快地同意，讓袁香兒對她多了幾分好感和好奇，坦白說，這事如果換做她自己，可能都無法輕易答應把這個用了一年多的自由身分還回去。

「我並不願意。」丁妍垂下眼睫，攥緊拳頭，低聲說，「說實話，早上看見你們的時候，我既慌張又害怕，心中亂成一團，甚至產生了一些惡毒的念頭，我想過召集士兵將你們趕出大同府，或者乾脆……把你們抓起來，扣上細作的罪名，打入大牢一了百了。」

她的眼裡閃過寒芒和掙扎，片刻後還是長嘆一聲，轉而露出釋然的神情，「幸好我最終想通了，沒有變成那種可怕的人。其實能有這一年的經歷已經很好了，它使我看清自己真正的所想所需。如今，即便沒有了這層身分，相信我也能過上自己想要的生活。」

「我願意和仇將軍各歸其位。」丁妍最終抬起眼看向所有人，目光清澈，「但我不會再做回周夫人，也不願意再回鼎州去了。」

第十一章　遺憾

「阿妍，妳、妳、妳說什麼？妳不和我回去，又能去哪裡？」周德運大吃一驚，話都說不利索了。

丁妍直視著他，目光平和，「夫君，你們周家鐘鼎世家，最講究禮儀教化。平日裡我見自家的掌櫃帳房，都要隔著簾子，十來個婆子在一旁伺候。即便如此，家裡還時有風言風語。如今我在這軍營裡住了一年有餘，早不適合做回周家的媳婦，你給我一紙休書，放我自去吧。」

周德運沒有想到這層，憋紅了臉，跺著腳道，「我……我不嫌棄妳便是。妳跟我回去，咱們還和從前一般，和睦地過日子。」

丁妍失聲笑了，她輕輕撫摸著腰間的佩劍，「郎君啊郎君，我問你，你可知道我是怎麼和仇將軍換了魂魄的？」

周德運結結巴巴道：「我那日在妙音坊聽曲，不慎喝多了。等第二日家人找過來尋我回去，妳就、就已經是仇將軍了。爹娘說妳是失足落了水，被嚇著了，這才突發癔症。」

「我那不是失足，是自己投湖。就在家中後花園的臨春湖。」丁妍突然打斷他。

「投、投湖？」周德運一連被打擊了幾次，幾乎懵了，「娘子，咱們家家境寬裕，僕婦成群，高堂慈愛，妳我感情也一直很好，娘子是何故……何故如此想不開啊？」

周德運完全想不到，他一直以為生活得幸福美滿的妻子，竟然會投湖自盡。不止是他，便是袁香兒和仇岳明都感到不解，什麼樣的壓力能讓這樣堅強的女子選擇放棄生命？

「很多人都覺得我命好，嫁入了名門世家的周府。夫君是風流名士，脾氣也不錯，不僅沒有納妾，也從未動手打過我。」丁妍端坐在主位上，以男子的模樣說起作為女子時的經歷，令人聽起來多了幾分難受，「不僅是夫君你，便是我父母，從前的我自己，都覺得我不該再有任何怨言。」

「可是你們知道人人羨慕的周夫人，是怎麼渡過每一天的嗎？婆婆年紀大了，醒得早。周家對禮儀的要求又分外嚴格，因而我每一天，不到卯時就必須起來，早早侯在母親的門外等著請安。然而母親一見到我，先要劈頭蓋臉數落上半個時辰，說我多年無出，白占著媳婦的位置，耽擱了周家香火，簡直罪大惡極。有時候說到氣頭上，還要當著所有下人的面動手打我。」

周德運聽到此處，心中難受地勸慰道，「母親的脾氣確實有些不好，但我們做子女的，總不能說長輩的過錯，也只能委屈妳忍耐一些。」

「是的，作為媳婦如何能忤逆公婆，自然只能忍耐一些，我從前也是這般想著。」丁妍平靜地訴說著往事，「聽完婆婆的訓斥，我需要站在桌邊服侍婆婆和小姑用早食。她們會一邊吃，一邊諸多挑剔。等到她們吃完，我才能回到自己的屋內，獨自在丫鬟的伺候下匆匆用飯。隨後，家裡的各大管事婆子便會拿著對牌，來回覆家中瑣碎雜務，採買日常用品，置辦小姑嫁妝，應酬人情往來，懲戒犯錯僕婦，林林總總，繁多雜亂。午後稍歇一會兒，便去前廳拉起屏風，接見外面那些商鋪田莊來的掌櫃莊頭。晚食的時候，要再去婆婆跟前立一遍規矩，而我的夫君，或許會在夜半時分酒醉歸來，我還不得不起身小心伺候。」

丁妍苦笑了一下，「你們可能覺得這都沒什麼，不過後宅一點瑣事，哪家的媳婦不是這樣過來的？」

「不不不，這不容易。」袁香兒連連搖頭，「換做是我，根本做不來。」

「這些都還不是最難的，」丁妍看了袁香兒一眼，「最難的是，我嫁入周家的時候，周府已經是個空架子了，入不敷出便罷了，外頭的排場還一點都不能少。公婆不通庶務，丈夫只好風月，誰又知道我摔了多少跟頭，這幾年如履薄冰，小心謀劃，一間一間鋪子整合，一點一點帳目清算，總算守住了家業，還將家中產業慢慢發展到今日的程度，讓家中上下得以恣意輕鬆地揮霍度日。」

周德運張了張嘴，說不出話來，他第一次意識到，自己恣意瀟灑，肆意風流的背後，是妻子在付出艱辛和努力。而他竟然視這一切為理所當然。

「這一日一日的，我甚至只能在周家那個小小的園子裡活動，出不了門，見不到外面的天空。然而不論我多努力，做得多好，從沒有人會認同我的能力。他們不會誇一個女人持家辛苦，生財有道，彷彿這些都是應該的。長輩永遠指責打罵，夫君埋怨，下人們在背後時常竊竊私語，嘲笑我不能為周家傳宗接代的過錯。只要沒能為周家誕下血脈，不論我做得再好，都還是個無能的女人。」丁妍握緊腰間的劍柄，「我曾向自己的母親哭訴，母親告訴我，每個女人都是這麼過來的，便是有委屈，唯一的辦法也只能忍耐，然而我不想忍下去。」

仇岳明同樣皺緊雙眉，他在周家後院困了一年的時間，深知那個嚴苛要求禮教的家庭，是多麼的壓抑而委屈。他不禁想著，自己將來會不會也讓妻子過上那樣的生活。

「曾經，我為了擺脫這一切，懦弱地放棄了自己的生命。感謝神靈還給我這次悔過的機會。如今我已經知道自己想要的是什麼，想過什麼樣的生活。」丁妍傾訴的聲音迴響在空闊的大廳，她直視著周德運，「夫君，我不會再和你回去了。給我一紙休書，你我一別兩寬，相忘於江湖吧。」

直到這一刻，看見丁妍堅定而毫無猶豫的眼神，周德運才意識到自己的娘子是真的想要離開他，離開那個家。

從前在他的心目中，妻子是依附於自己而生存的，即便偶爾被母親打罵而受委屈，即便自己偶爾控制不住情緒，衝她發洩幾句，都不算什麼大事。只因她已經嫁給了自己，別無出路，永遠都不可能離開。對她好是自己溫和守禮，有些不好，大概也沒什麼關係。

可事到如今，眼看妻子堅決的神情，耳邊聽著那些決絕的話，他突然意識到自己可能永遠失去了她，失去這個自己從未重視，卻總是溫和地守在自己身邊的人。

他的心驟然空了一大塊。

「不至於的，娘子。從前是我沒注意，往後我都改，行嗎？」周德運紅了眼眶，「妳想要怎麼樣，我都聽妳的。」

丁妍衝著他溫和地笑了笑，「我想要的你給不了，這不是你的錯，可能是我不夠好，我不該這麼奇怪，我應該和這世間所有的女子一樣學會忍耐。可是還能怎麼辦呢，我已經見到了更寬廣的世界，我不可能再回去了，還請你見諒，請你放手吧。」

從周德運第一次求到袁香兒門口，直至今日過去了漫長的時間，沿途多有波折，袁香兒想過到達這裡後的各種可能，卻沒想到在這個束緊女性思想的時代，還能有丁妍這樣為了爭取自由，而敢於直接同命運抗爭的女子。

她一邊為迷茫失措的周德運感到同情，一邊為冷靜勇敢的丁妍感到欽佩。

玲瓏金球的聲音響起，空靈而飄逸，有一種超脫世俗，遙遙飛升之感。

兩道虛無的魂魄被鈴聲牽引，闔上雙目，飄渺自身軀中遊蕩而出，袁香兒居中盤坐，低聲念誦靜心鎮魂咒，小心護送兩道魂魄各歸己身。

鈴聲漸歇，仇岳明首先睜開眼睛，他先低頭看了看自己的雙手，再抬起頭去看袁香兒身邊的丁妍，轉而露出了狂喜的神色。

丁妍也在此時緩緩睜開雙目，她只是平靜地看了看自己的雙手。

「成功了？」袁香兒問。

仇岳明翻身而起，單膝跪地，向袁香兒納頭便拜。

袁香兒急忙用雙手扶住，「這是怎麼了，將軍怎生行此大禮。」

「當日我身困周家後宅，不堪受辱，一心尋死。若不是香兒妳救我於水火之中，如何能有重見天日之時。」仇岳明看著袁香兒，執意拜了三拜方才起身，「大恩不言謝，只盼來日後報。」

看見他們成功換回來了，袁香兒也鬆了口氣，雖然她在路途上也做過各種實驗，但涉及到活生生的靈魂互換，她還是緊張得出了一把汗。對她來說，此行的主要目的，是說服仇岳明找回自己的身軀，至於丁妍本人願不願意和周德運回去，袁香兒覺得不是自己能夠干涉的事。雖然接觸短暫，但她有些敬佩丁妍敢於割裂過去，追求自由的果斷和勇敢。

二人魂歸其位，仇岳明主動和丁妍商議一番，喚來蕭臨、朱欣懌以及管家娘子翠娘三人。

三人看著端坐在廳堂上的將軍，和他身邊那幾位神祕的客人，覺得有些摸不著頭緒。

這天可太奇怪了。將軍在早上發了脾氣，將這幾人拒之門外，前所未有地把自己關在屋內一天。掌燈時分卻又急去將客人請回，這會兒一道坐在正廳，主客相宜，似乎已經十分融洽。

只有近身服侍的翠娘，依靠女性敏銳的直覺感覺到，將軍和往常不太一樣。

翠娘是最近一年才進入府中服侍的，她心思細膩，對將軍的一切喜好動作都牢記心中。此刻的將軍不論坐姿還是言談，似乎都流露出了微妙的不同之處。素來不近女色的將軍大人，對坐在身邊那位十六七歲的姑娘，表現出異常的溫和親近。

從前的將軍性情溫和，潤物無聲。此時的將軍氣質不凡，持重如山。

不對勁，處處都不對勁。翠娘心想。

卻見將軍緩緩開口，「從前，我將此事視為奇恥大辱，發誓即便生死，也絕不能讓自己相熟的朋友知曉。但如今，我不再以此為恥，也想將這個離奇的經歷告訴我最信賴的朋友，還望你們稍微鎮定一些，細細聽我說完。」

仇岳明心平靜氣地將這一年多來的經歷，一五一十地說出。

眼前三人聽得此事，心中無異於掀起驚濤駭浪，要不是將軍親口訴說，他們無論如何都不敢相信，世間竟有這般離奇的故事。

這一年來，將軍身上種種不對勁之處，從前他們不能理解，如今回想起來，這才恍然大悟。

原來朝夕相處了一年多的將軍，溫和寬厚、禦下有道的將軍；勤修苦練、不避寒暑的將軍；面對敵軍圍城毫無畏懼，鎮守城池的將軍，竟然是一位弱女子。

三人看看仇岳明，又看看他身邊的丁妍，面面相覷，一時說不出話來。

「不錯，正是這位娘子，在我不在的期間，替我鎮守了大同府，救濟一方百姓於水火之中。」仇岳明指著身邊的丁妍，「本來應將丁娘子之所為公諸於世，讓更多人記得她的功績。無奈鬼神之說過於離奇，不便宣揚。但我想，至少應該讓你們幾位親近之人知曉，知曉和你們朝夕相處了一年的人並不是我，而是她。」

翠娘聞言，率先伏地行了一禮，蕭臨、朱欣懌相互看了一眼，也雙雙行禮。

丁妍眼眶微紅，將他們拉起來。

翠娘抹著眼淚道，「不曾想將軍竟是女郎，無論如何，是將軍救了翠娘。將軍不論何等面貌，翠娘這一生總要服侍在將軍左右的。」

邊塞風光，和錦繡江南大是不同，別有一番蒼茫壯麗之態。

距離仇岳明和丁妍魂歸其位，轉瞬過去了三五日。袁香兒也算完成了自己的任務，整日帶著南河、烏圓和胡三郎領略大漠風光，吃遍塞外美食，籌備著這兩日就啟程回鄉。

渾厚的城牆之上，羌笛悠悠，冬雪皚皚。

一眼望去，可以看見盤桓萬里的城牆，像一條巨蛇蜿蜒爬行在連綿起伏的大地之上。

南河閉著雙目，坐在牆頭凝煉星力。

袁香兒靠在不遠處的牆垛子上，口中叼著根稻草，遠眺落日長河，曠野荒原。

「阿香妳在這裡啊，我尋了妳半日。」仇岳明蹬上城頭。

「怎麼樣，仇將軍？周德運還是沒法說服丁妍跟他回去嗎？」袁香兒從牆頭上跳下來。

仇岳明苦笑著連連搖頭，「丁娘子是個意志堅定的人，她打定主意不再回頭，只怕周兄也拿她沒辦法。她甚至請我幫她在大同府落了商戶戶籍，看來是打算在此地定居，經商為生。」

「她準備以經商為生？孤身一人，在這個時代？還真是有勇氣。若是她缺少本錢，我倒還帶著些積蓄，可以先行周借。」

「以她之能倒也不算什麼難事，何況我駐守此地總能看顧她一二。」仇岳明陪著袁香兒沿著城牆邊走邊說，「只可憐周兄百般放她不下，昨夜還拉著我喝了一夜酒，喝得爛醉如泥，到現在還未醒來。」

「唉，我挺同情老周的，其實對他來說，這一路走來也很不容易。」袁香兒不免感慨，「但我也敬佩丁娘子的勇氣。可惜像她這樣的人，不容易被如今的世俗所包容，大概也只有像我這樣的怪物才能理解她。」

「妳並不是怪物，阿香，妳比誰都優秀。」仇岳明突然說道。

此時有風拂過，年輕的將軍站在城牆上，雄姿英發，朗目疏眉，眸光灼灼，「或許有些唐突，但你們這兩日便要啟程，我若是不說，只怕一生為憾。」入萬千敵陣而無畏的將軍，此刻倒是窘迫而急促，「我知道妳的世界異於我等，但不知道可否讓在下……讓在下有幸多了解一些。」

他背對著萬里河山，雙眸中盛滿著年輕而炙熱的情感，他不必再說，袁香兒已經全聽懂了。

這樣真摯的感情是令人感動的，但這一路走來，仇岳明以女子之身同袁香兒相處，袁香兒根本沒有留意到他對自己有了不一樣的情愫，自然也無法給予任何回應。

「聽將軍這般言語，我萬般榮幸。只是我們修道之人，難入世俗之情愛，或許……只能辜負將軍的一片心意了。」袁香兒誠懇且堅定地謝絕了自己不願接受的情感。

城池的遠處，聽力極其靈敏的烏圓豎著耳朵，「卑鄙的人類，居然想要勾走阿香！南哥，乾脆讓我去弄死他。」

南河抿著嘴，一言不發。

「南哥，可不能大意。」胡三郎在一旁添油加醋，「人類的雄性一旦看上某位雌性，求偶的手段那是層出不窮。你不能再這樣下去，必須主動一點，否則阿香真的會被人類拐跑了，要知道他們人類最喜歡的配偶，還是自己的同族。」

南河漲紅了面孔，艱難道，「主動？如何主動？」

「主動的方法可多了，你聽我的，我最了解人類。」三郎踮起腳尖，在它耳邊悄悄地說，「你可以和她撒嬌，求撫摸，然後誘惑她，勾引她，把自己洗乾淨後獻給她……」

袁香兒站在山頂上，看著仇岳明獨自走下城牆的背影，那素來挺直的脊背微微彎起，低垂著脖頸，帶著幾分蕭瑟和落寞。

希望他只是一時的萌動和熱情，很快就能將這段情感淡忘，袁香兒有些愧疚地想著。

某種毛茸茸的東西突然碰了碰她的後背，袁香兒轉頭一看，化為巨大狼形的南河靜立在她的身後。

『上來嗎？』一個聲音在袁香兒的腦海中響起。

這句話如果是從南河的口中說出來的，必定只是冷淡的三個字，絲毫聽不出任何情感。

但因為是從意識中直接傳遞到腦海，袁香兒立刻就品出了那股羞澀忐忑，又有一點難過的複雜情感。

這樣纖細的情緒從眼前這副威風凜凜的身軀中傳遞出來，特別撩人，使得袁香兒忍不住跟著興奮起來。

「啊，我可以騎嗎？」這句話聽起來似乎不太對勁。

「我的意思是，我可以坐上去嗎？」這好像也不太對。

不管那麼多了，坐著小南兜風，難道不是一件超級快樂的事嗎？

袁香兒歡呼一聲，整個人撲進毛茸茸的專屬座位。

銀白的天狼在荒野上空飛翔，袁香兒埋在飛揚的銀髮中，馳騁空中，胸懷舒暢，她索性在半途把礙事的鞋子踢了，丟在崇山之間，赤腳磨蹭著冰涼柔順的毛髮，有風拂過她的臉龐，揚起她的衣袖，腳下後退著蜿蜒的城牆，無邊的大地。

天邊落日溶金，暮雲合璧，令人不知身在何處。

「啊！這樣飛在空中真是太快樂了，小南你真好，你怎麼總是這麼好。」袁香兒將合攏的雙手放在嘴邊大喊，飛得累了，袁香兒便整個人躺在軟綿綿的皮毛中，聽著耳邊呼嘯的風聲，手裡有一下沒一下地擼著濃密的毛髮。

「南河，你能一直陪在我身邊嗎？」她閉著眼睛問道。

「嗯。」這是一個肯定的回答。

「人類的生命不會太長，你別離開，就陪我直到……直到渡過一生，行嗎？」

「嗯……」

等我死了以後，南河還有好長的生命，長到足以忘記一切。它會再遇見新的夥伴，然後把我忘了。這樣一想，袁香兒心裡有些難過。

盡興飛了許久，南河的速度緩和下來，落在地上化為人形。錦衣輕裘，玉帶寶靴，如切如磋，如琢如磨。經過這段時日在人間行走，南河已經可以在需要的時候，好好地變化出整齊的人類衣物了。

它讓袁香兒坐在樹下，蹲下身，翻手拿出一雙小靴子，親手給袁香兒穿上。那雙靴子一上腳立刻變得紋絲合縫，大小正好。

「這不是你的毛髮變化而成的嗎？可以借給我穿嗎？」袁香兒有些不好意思。

「只要是我的東西，沒有什麼是妳不能使用的。」南河幫袁香兒穿好鞋子，沒有抬頭，低沉的聲音響起：「阿香，妳喜歡仇將軍嗎？」

「原來你偷聽到了呀，」袁香兒輕輕搖頭，「將軍是個很好的男人，但我們不適合。」

她怕南河不理解這句話的意思，補充了一句，「彼此之間的觀念不一樣，生活方式也差得很遠。最主要的是，我對他沒有心動的感覺。」

她站起身，試著跳了幾步，鞋子既合腳又輕便，十分舒適。

南河看著眼前的袁香兒。

那我呢？我適合嗎？

這句話在它的喉頭來回滾動著，幾乎就要脫口而出了，但咽喉像是生鏽一般，怎麼也無法將這短短的一句話問出口。

一個聲音在不遠處響起，

「南方來的術士，是洞玄教的人吧？」

半空中，懸停著一隻形似獅子的魔物，威風凜凜的鬃毛，獅身人臉，四蹄和尾部化為黑色的濃煙飄散空中，它的背上閒閒地坐著一位年輕男子。

那男子一身尋常的水合服，腰束絲條，頭戴青斗笠，腳穿麻鞋，一腿盤踞，一腿垂掛，坐姿悠閒，正帶著點探究的目光看著袁香兒。

他能夠不動聲色地出現在離自己這麼近的地方，且南河和自己都沒能發現，可見十分厲害，袁香兒退了半步，暗自戒備地回答，「我不是洞玄教的人。」

「哦，不是最好，我討厭那些裝模作樣的人。」年輕的男子坐在獅子的背上，十分隨意地打了個稽首，「在下清源，出自昆侖清一教，敢問道友如何稱呼？」

「我姓袁。」袁香兒謹慎地說。

那位術士點點頭，「妳的這個使徒是天狼吧？我這個人沒有別的愛好，最愛蒐集罕見獨特的使徒，遠遠看著天狼見獵心喜，故而特意追上來，敢問道友能夠割愛，將它轉賣於我？」

「不賣的，多少錢都不賣。」袁香兒拒絕他，準備離開。

「話不要說得那麼早嘛，說不定我有妳想要的東西？」那術士也不生氣，眉眼彎彎，「這世間沒有不能交易的東西，單看多少籌碼能夠打動人心。」

他從懷中掏出兩個瓷瓶，倒出兩枚金光內斂的丹藥。

「見過嗎？此一乃駐顏丹，能保容顏不老，青春永駐。此二乃延壽丸，能延常十年陽壽，已是眼下能尋覓到的延壽丸中的極品。」他朝袁香兒伸出手，彷彿認為她不可能拒絕他的誘惑，「想要嗎？」

「不，我不需要。」

那位清源道人微微挑眉，勸說道：「別小覷了，雖說只能延續十年壽命，但也實屬難得，如今靈氣衰竭，開爐不易，整個人世間再也尋不出幾枚來。若不是天狼世所罕見，我還捨不得拿出來和妳交換。即便妳和妳的使徒感情再好，也比不上自己的性命重要吧？」

袁香兒搖搖頭，拉上南河的手往外走。即使生命再珍貴，這世間也有不能用於交換的東西。倒是南河一路頻頻回頭，盯著那人手中的丹藥看。

看著他們遠去的背影，清源摸了摸座下使徒的鬃毛，不敢相信地搖搖頭，「真是稀罕，還有人不要延壽丸。」

在大同府住了幾日，終究到了離開的時候。

仇岳明親自將他們送出很遠，直到大同府高大的城牆都變得模糊不清，他才停下送行的腳步。

分別的時候，他站在袁香兒的面前，久久沒有說話。

「別這樣呀，秦關兄。」袁香兒輕聲寬慰他道，「我這就回去了，將來，咱們朋友之間總還有相見的時日。」

仇岳明擰著雙眉，眼中是克制的難過，他是一個內斂持重的人，那日的一番話已經是他所能做到的極限。縱然心中百般不捨，也不會再糾纏不休。

「我永遠都會記得，當時我被鎖在那間暗無天日的屋子內，是妳推開門，扶我起來。此恩此德，絕不敢忘。」

揮別了仇岳明，離開大同府，馬車碌碌向南而歸。

去的時候滿懷希望，怎麼也想不到回來的時候，卻連被人頂替的妻子都留在了大同府。

周德運一路上失魂落魄，滿腹憂愁，容顏憔悴。

「我真的這麼糟糕嗎？我改了還不行嗎？」他在飯桌上吃著吃著就紅了眼眶。

「你長得也還行，家裡也不是沒吃的，回去再娶一個媳婦不就好了。」烏圓從一盆小魚乾中抬起頭來，「牛不喝水強按頭，也沒意思啊。」

「反正你們人類可以有三妻四妾，要是怕娶不到滿意的，多娶上幾個，總會有個喜歡的。」說這話的是胡三郎，它在教坊混跡了幾年，對人類的花心習以為常。

「再娶誰，那都不是娘子了。從前娘子在我身邊的時候，我沒什麼感覺，如今她說不要我了，我……」周德運癟著嘴，哽咽著吃不下飯，「為什麼她一個女子寧願獨自留在那苦寒之地，也不願意跟我回家，我怎麼也想不明白，想不明白啊，嗚嗚。」

「就是因為你想不明白，丁妍才不願和你在一起。你根本就無法理解她，或者說你們本來就不適合。」袁香兒嘆了口氣，拍拍他的肩膀，「算了吧，周兄。烏圓說得對，強扭的瓜不甜，回去調整一下，好好過你的日子。」

周德運捏著碗和筷子，低下頭去，眼淚啪嗒啪嗒地往下掉，看起來十分可憐。

為了讓他振作精神，周家的僕役更加小心伺候，常常在休息時聘請歌姬名伶來演藝奏樂，助興取樂。只是周德運不同於往日，始終興致缺缺，快快不樂。

轉眼回到京都附近，再次住進上回居住的客棧。

胡三郎藉著休息的時候，出去拜會胡青，空跑了一趟回來，「奇怪，姐姐從不外宿，教坊的人卻說她兩日沒有回來了。」

「是嗎？」袁香兒也對阿青的琴技記憶猶新，十分懷念這位雖然只有短暫接觸過的朋友，「我明天陪你一起去看看。」

入夜時分，屋中寂靜，袁香兒睡在床上，化為本體蜷在袁香兒床前的南河，突然豎起耳朵。

「阿香，有人來了。」它喚醒了袁香兒。

袁香兒坐起身，指尖夾著符籙，屏氣凝神，盯著緊閉的屋門。

門外的走廊傳來隱祕的腳步聲，加上輕微的金屬碰撞聲。

「嘩啦」一聲響，屋門被人推開，一股冰冷的寒風夾著血腥味捲進屋中。

一位肌膚蒼白、長髮披散的男子出現在屋門外，它身披一件破舊的大氅，手腳上戴著鐐銬，琵琶骨被鐵鍊穿過，卻是許久不見的渡朔。

深夜突然來訪的渡朔失去了從前的冷淡從容，它髮絲凌亂，渾身血跡斑斑，顫抖的蒼白胳膊死死扶住門框，鬆開另一隻手，從它懷中滾落出一隻昏迷不醒的九尾狐。

「阿青？」

「阿青姐姐！」

剛從隔壁趕過來的胡三郎大吃一驚，撲上前去，將昏迷的阿青扶起來，發現它雖然受了傷，但氣息還算平穩，才稍稍鬆了口氣。

「請……幫我一次，請把它藏起來。」渡朔死死盯著袁香兒，它的眼下黑青一片，嘴角沁著血絲，伸出染血的手指解下身上那件破舊的外袍，披在阿青的身上，「妳放心，有了這件袍子，白玉盤也找不到它。」

它脫下外袍，裸露出上半身，袁香兒這才發現它半邊身體早已被鮮血染紅，更令人驚駭的是，那條貫穿它身體的鐵鍊，正在咯咯作響地從傷口進進出出，彷彿有一位主人在遠處收緊著力量，勒令它必須立刻回到自己的身邊。

渡朔對此絲毫不顧，只是盯著袁香兒，一字一字地開口，「請……求……妳，行不行？」

「可以，我會照顧好它，你放心。」袁香兒急忙回答它，「可是你……」

渡朔聽到這句話，終於鬆了口氣，「我無妨。」

額頭的冷汗混著血水流過它的臉頰，面上卻看不出一絲痛苦之色。它在最後看了昏迷在三郎懷中、披著長袍的阿青一眼，掐了個手訣，渾身是血的身影便消失在了門外。

——〈妖王的報恩〉未完待續——

高寶書版集團
gobooks.com.tw

YE 054
妖王的報恩（卷二）自由

作　　者　龔心文
責任編輯　眭榮安
封面設計　虫羊氏
內頁排版　賴姵均
企　　劃　何嘉雯

發 行 人　朱凱蕾
出　　版　英屬維京群島商高寶國際有限公司台灣分公司
　　　　　Global Group Holdings, Ltd.
地　　址　台北市內湖區洲子街 88 號 3 樓
網　　址　gobooks.com.tw
電　　話　(02) 27992788
電　　郵　readers @ gobooks.com.tw（讀者服務部）
傳　　真　出版部 (02) 27990909　行銷部 (02) 27993088
郵政劃撥　19394552
戶　　名　英屬維京群島商高寶國際有限公司台灣分公司
發　　行　英屬維京群島商高寶國際有限公司台灣分公司
初　　版　2023 年 8 月

原著書名：《妖王的報恩》由北京晉江原創網絡科技有限公司授權出版。

國家圖書館出版品預行編目 (CIP) 資料

妖王的報恩 / 龔心文著 . -- 初版 . -- 臺北市：英屬維京群島商高寶國際有限公司臺灣分公司 , 2023.07
冊；　公分 . --

ISBN 978-986-506-758-8 (第1冊：平裝)

857.7　　112008689